# ISKATONIC INQUISITOR

Coral Gables, Fla., Tuesday, October 4, 1927

**H. P. Lovecraft**

**FROSH MUST OBEY SOPHS**

## University Is Invited

Habana Celebrates

## Arkham Advertiser
*Since 1832, Arkham's finest newspaper*

ARKHAM, THURSDAY, OCTOBER 11, 1926 — TWO CENTS

### ANGRY EXCHANGES AT TOWN COUNCIL MEETING
**Memorable Words from the Reverend Mr. Bishop**
By Roberta Henry

### ADMIRAL BYRD'S CAMP ESTABLISHED

### Examiner
**SAN FRANCISCO'S NEWEST RISING STAR**

**BENITO MUSSOLINI**
**POPE PIUS XI TO MEET WITH MUSSOLINI**

## OHIO MURDERS
### MOTHER SLAYS HER THREE CHILDREN THEN KILLS SELF

August 29th, 1922 — Police found the bodies of three children, dressed in their pajamas and placed in their beds. Their mother, Michelle Gannon, was found in the kitchen, dead from an apparent self poisoning. Detective Fitzroy issued the statement, "It seems the mother drowned each of the children, one by one, in the bathtub, then dried them off, drew them, and laid their bodies in bed for the night. Afterwards, she ate some laden with rat poison and died at the kitchen table. We've taken the father, James Gannon, to the hospital for shock.

Mr. Gannon was working late when this terrible event took place and is not considered to be involved in any wrongdoing."

James Gannon, Junior was about to turn 16, and sisters Mary and Robert's were just 7 and 9 years old. Their father could not be reached for comment. Shocked neighbors said the family seemed happy, although Michelle often had a temper with the children. Michelle Gannon had recently taken ill and was suffering sleeplessness, but everyone agrees that there were no signs of any dangerous behavior from her.

### MANCHESTER HAS...

### TELEPHONE GIRL BLOCKS SUICIDE
Plugs In on Call and Man Who Had Taken Poison ...to Hospital

## "...E OF SUN" RAIDED.
**...ezvous Partly Wrecked by Much Evidence Seized.**

...at 3274½ South Hill street, was raided late last night by investigators from the ... and the State Board of Medical Exam... of evidence seized to be used in the ...Zar-Adusht, self-styled "little master" of ...pers, and his lieutenants on a variety of ...

..., O'Connell and Carter of the State Board of ...panied by two Investigators from Dist.-Atty. ...doors on the "Temple of the Sun" they found ...atued with the aid of crowbars and a thorough ...ts adjoining rooms of mystery was made by ...with sworn warrants.
...dark- ...altar was carseted with rich Persian ...ster of ...rugs and backs on pedestals and in little ...ce and ...white candles, perfume atomizers, ...room- ...and numerous other curious re- ...a red ...ceptacles. On the walls huge paint-...globe ...

(Continued on Sixteenth Page.)

## LAY MURDER TO "DEVIL WORSHIP"
## LETTER WRITTEN IN BLOOD IS F...

[ By the Associated Press ]

Oakland, Cal. — Evidence that a society of "devil worshippers" may have been in some way responsible for the recent death here of Macario Timon, goat raiser and suspected bootlegger, was being investigated by the police.

...a letter addressed to "Lucifer," signed by Timon and appealing for aid in realizing certain unnamed ambitions. The letter was written in a fluid that may have been blood.

Among the books reported found is one supposed to be the ritual of some occult order. It is in Latin...

...he had been in the Mastriani mutt... ...as in these this ci... Fred Edel is said to have been the ...known person to have seen Dudley...

may have ... bootleggers' feud.

James Gallian... attorney, is investigating... former client... occult sect which... and which may have...

**Maladies de la Femme**
LE RETOUR D'ÂGE

**JOUVENCE de l'Abbé SOURY**

U0526833

H.P.LOVECRAFT

CTHULHU MYTHOS

# 克苏鲁神话

［美］H.P.洛夫克拉夫特——著

姚向辉——译

浙江文艺出版社
Zhejiang Literature & Art Publishing House

果麦文化 出品

To R. H. Barlow, Esq., whose Sculpture
hath given Immortality to this trivial
Design of his oblig'd ob'dt Servt
Cthulhu H. P. Lovecraft
11th May, 1934

永远长眠的未必是死亡,
经历奇异万古的亡灵也会死去。

——阿卜杜拉·阿尔哈萨德《死灵之书》

# CONTENTS

- 克苏鲁的召唤 ———— 001
  - 陶像中的恐怖 ------------- 003
  - 莱戈拉斯巡官的故事 --------- 013
  - 来自大海的疯狂 ------------ 030
- 黑暗中的低语 ———— 045
- 自彼界而来 ———— 136
- 神殿 ———— 146
- 猎犬 ———— 163
- 大衮 ———— 174
- 乌撒之猫 ———— 181
- 敦威治恐怖事件 ———— 186

# 克苏鲁的召唤

~~发现于已故波士顿人士~~

~~弗朗西斯·维兰德·瑟斯顿的文稿中~~

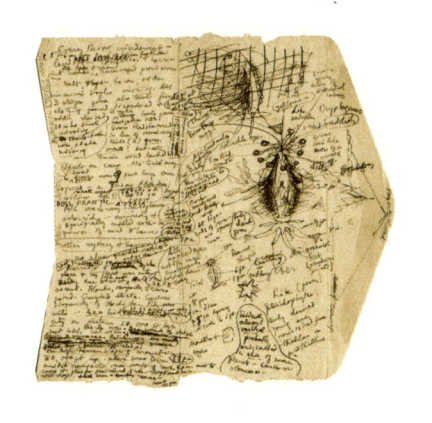

"这些大能者或生物体中的一些无疑有可能存活至今……来自一个异常遥远的年代,那时候……意识或许以某些形态显现,而这些形态早在人类演进的大潮前就已消亡……关于这些形态,只有诗歌和传说捕捉到了一丝残存的记忆,称其为神祇、怪物和各种各样的神话造物……"

——阿尔杰农·布莱克伍德

# 陶像中的恐怖

依本人之见,这个世界最仁慈的地方,莫过于人类思维无法融会贯通它的全部内容。我们生活在一个名为无知的平静小岛上,被无穷无尽的黑色海洋包围,而我们本就不该扬帆远航。科学——每一种科学——都按照自己的方向勉力前行,因此几乎没有带来什么伤害;但迟早有一天,某些看似不相关的知识拼凑到一起,就会开启有关现实的恐怖景象,揭示人类在其中的可怕处境,而我们或者会发疯,或者会逃离这致命的光芒,躲进新的黑暗时代,享受那里的静谧与安全。

神智学者曾经猜想,宇宙拥有宏伟得不可思议的循环过程,我们的世界和人类在其中只是匆匆过客。根据他们的推测,有一些造物能从这样的循环中存活下来;在虚假的乐观主义外壳下,他们的描述会让血液结冰。本人瞥见过一眼来自远古的禁忌之物,但并非来自神智学者的知识——每次想起都会让我毛骨悚然,每次梦见都会令我发疯。和窥见真实的所有恐怖遭遇一样,那一眼的缘起也是因为互不相关之物偶然拼凑到了一起——在这个事例中,是一份旧报纸和一位逝世教授的笔记。本人衷心希望不要再有其他人拼凑出真相了;当然,只要我活着,就不会有意识地为这一可怖的联系提供关键的链条。我认为那位教授同样打算就他所了解的知识保持沉默,若不是死神突如其来地带走了他,他肯定会销毁自己的笔记。

本人对此事的了解始于1926年至1927年的那个冬季,我的叔祖父乔治·甘默尔·安杰尔不幸逝世,他生前是罗得岛普罗维登斯市布朗大学的名誉教授,专攻闪米特族的各种语言。安杰尔教授是声名远播的古铭文权威,各大博物馆的头面人物经常向他请教问题,因此该有许多人记得他以九十二岁高龄过世的消息。但在他的家乡,人们更感兴趣的是他神秘的死因——教授下了从纽波特[1]回来的渡船,在归家路上突然与世长辞。从岸边到他在威廉街的住所,有一条陡峭的坡道捷径。据目击者说,一名看似海员的黑人突然从坡道旁的一条暗巷冲出来,粗暴地推了他一把,随后教授倒在地上。医生没有发现明显的身体问题,在一番不知就里的讨论后得出结论称他的年纪太大,过于陡峭的坡道给他的心脏造成了某种不明损伤,最终导致死亡。当时我没有理由反对医生的判断,但最近我却开始怀疑——不,远远不只是怀疑。

叔祖父的妻子早已过世,他们没有孩子,遗产继承人和遗嘱执

---

1. 罗德岛东南城市,与普罗维登斯有渡船往来。

行人就成了我。我有义务仔细查看一遍他留下的文件，为此将他的全部卷宗和箱子运到了我在波士顿的居所。整理出的大部分资料将交给美国考古学会出版，但其中一个箱子给我带来了极大的困惑，我非常不情愿向别人展示它。这个箱子原本是锁着的，找不到钥匙，直到我想起了教授总是装在口袋里的那串钥匙。我成功地打开了箱子，眼前却赫然出现了一道更加难以逾越、封闭得更加严实的障碍。箱子里有一块怪异的陶土浅浮雕，还有诸多杂乱无章的字条、笔记和剪报。这些究竟意味着什么呢？难道说我的叔祖父到了暮年，也开始轻信那些一眼就能看穿的骗局了吗？我决心要找到那个偏离正轨的雕塑者，他应该为搅乱一位老人平静的心境负上责任。

这块浅浮雕大致是矩形，厚度不到一英寸，长宽大约五英寸乘六英寸，看起来像是现代作品，但图案在基调和蕴意上都与现代文明相去甚远。虽说立体派和未来派有许多狂野的变种，然而很少能重现潜藏于远古文字中的那种神秘的规则感。这些图案中有很大一部分显然是某种文字。尽管我已经颇为熟悉叔祖父的论文和藏品，却无论如何也分辨不出它们究竟属于哪一种文字，甚至想不到它与哪一种文字有着最微弱的相似之处。

在这些看似象形文字的符号之上，有一幅旨在图示某物的绘像，但印象派的手法却未能清楚地表现出那究竟是什么。它似乎是某种怪物，也可能是符号化表现的怪物，那个形象只有病态的想象力才能构思出来。假如我说我那或许过度活跃的想象力同时看见了章鱼、恶龙和扭曲的人类，应该也没有偏离这幅画像的精神。头颅质地柔软、遍覆触须，底下的躯体奇形怪状，覆盖着鳞片，长有发育不全的翅膀。最让人感到惊愕和恐怖的是它的整体轮廓。这个形象的背后能隐约看见蛮石堆砌的建筑物。

与这件怪异物品放在一起的，还有一些文字资料：除了一沓剪报之外，无疑都是安杰尔教授不久前写下的手稿，而且绝对不是文学作品。最主要的一份文件以"**克苏鲁异教**"为标题，这几个字一笔一画写得非常清楚，以免读者看错这个闻所未闻的词语。这份手稿分为两个部分，第一部分的标题是"1925年——罗德岛普罗维登斯市托马斯街7号之H.A.威尔考克斯的梦境及梦境研究"，第二部分的标题是"路易斯安那州新奥尔良市比安维尔街121号之约翰·R.莱戈拉斯巡官在美国考古学会1908年大会上的发言及同一会议上的笔记和韦伯教授的报告"。其余的手稿都是简短笔记，有些记录了多名人士的离奇梦境，有些是神智学书籍和杂志的摘抄（值得注意的是W.斯科特—艾略特的《亚特兰蒂斯和失落的雷姆利亚》），还有一些是对源远流长的秘密社团和隐秘异教的评论，笔记中引用的篇章来自神话学和人类学典籍，例如弗雷泽的《金枝》和莫里小姐的《西欧的女巫异教》。剪报的主题是异乎寻常的精神疾病和1925年春爆发的集体躁狂与荒唐行为。

手稿正篇的前半部讲述了一个异常离奇的故事。根据叙述，

1925年3月1日，一名瘦削阴郁的年轻人前来拜访安杰尔教授，他看起来紧张而兴奋，带着一块古怪的陶土浅浮雕，浅浮雕当时才刚做成，还非常潮湿。他的名片上印着亨利·安东尼·威尔考克斯，我叔祖父认出这个名字，记起他来自一个与我叔祖父略有交情的显赫家族，是家族中最年轻的子嗣，近年来在罗德岛设计学院学习雕刻，独自居住在学校附近的百合公寓里。威尔考克斯是个早熟的年轻人，公认天赋过人但生性古怪，从小就喜爱讲述诡异的故事和离奇的梦境，因而颇受众人瞩目。他自称"精神高度敏感"，而居住在这个古老商业城市的沉稳家人只是认为他"为人怪异"。他从不和亲属来往，渐渐消失在了社交视野之外，如今仅在来自其他城镇的唯美主义者小团体里享有名声。就连致力于维护其保守倾向的普罗维登斯艺术俱乐部都认为他无药可救。

按照手稿的描述，在那次拜访中，年轻的雕塑家唐突地请求教授运用考古学的知识，帮助他辨认浅浮雕上的象形文字。他说话时神情恍惚而不自然，显得做作又疏离；我叔祖父在回答时语气有些尖刻，因为这块浅浮雕明显是新做出来的，与考古学不可能存在任何联系。威尔考克斯的回答给我叔祖父留下了深刻的印象，以至于事后能够逐字逐句地记录下来，这段话反映出的空幻诗意无疑是威尔考克斯式的典型语言，我后来发现这段话高度体现出了他的性格。他说："对，这是新做的，是我昨夜在怪异城市的梦中做的；那些梦比蔓生的蒂尔城、沉思的斯芬克斯和被花园环绕的巴比伦都要古老。"

接着,他开始讲述一个稀奇古怪的故事。那故事突然唤醒一段沉睡的记忆,勾起了我叔祖父的狂热兴趣。前天夜里发生了一次轻微的地震,但在新英格兰已经是多年来感觉最强烈的一次了。威尔考克斯的想象力因之受到了严重的影响。入睡后,他做了一个前所未有的梦,梦中他见到了蛮石堆砌的城市,庞然石块和插天石柱比比皆是,全都沾满了绿色黏液,渗透出险恶的恐怖气氛。墙壁和石柱上覆盖着象形文字,脚下深不可测的地方传来很难算是声音的声音,那是一种混沌的感觉,只有靠想象才能将它转化为声音,他在其中勉强捕捉到了一些几乎不可能发音的杂乱字母:"C͟thulhu fhtagn(克苏鲁—弗坦)"。

正是这两个杂乱的词语打开了记忆之门,使得安杰尔教授既兴奋又不安。他以科学研究的严谨态度盘问雕塑家,以近乎狂热的劲头研究那块浅浮雕,因为年轻人从梦中渐渐清醒过来时,困惑地发现自己正在做这个浅浮雕,身上只穿着睡衣,冻得瑟瑟发抖。威尔考克斯后来说,我叔祖父称要不是他上了年纪,肯定早就认出浅浮雕上的象形文字和怪异绘像了。威尔考克斯觉得教授的许多问题离题万里,尤其是试图将来访者与离奇异教或秘密社团联系在一起的那些问题。更让威尔考克斯难以理解的是教授一遍又一遍保证他会保持沉默,希望能换得威尔考克斯承认属于某个枝繁叶茂的神秘社团或异教组织。教授最终相信了雕塑家确实不了解任何异教或神秘团体，他恳求来访者继续向他报告以后的梦境。这个要求定期结出果实，在第一次面谈后，手稿每天都会记下年轻人打来的电话，他在电话中描述了令人惊诧莫名的梦魇片段，其中总是有可怖的黑色蛮石城市和滴淌黏液的石块，还有从地下传来的叫声或智慧生物的单调呼喊，这些声音有着不可思议的情感冲击力，但内容永远难以分辨。其中重复得最多的两小段音节转为文字就是"Cthulhu"（克苏鲁）和"R'lyeh"（拉莱耶）。

手稿继续写道，3月23日，威尔考克斯没有联系教授。联络他的住处后，教授得知他染上了不明原因的热病，被送回了沃特曼街的家中。他半夜大喊大叫，吵醒了那幢楼里的另外几位艺术家，之后时而失去知觉，时而陷入谵妄。我叔祖父立刻打电话到他家里，从此开始密切关注他的病情，得知负责治疗威尔考克斯的是一位托比医生，于是经常打电话到医生在萨尔街的诊所。听起来，年轻人被热病折磨的头脑沉迷于各种怪异的幻觉，医生转述时偶尔会毛骨悚然地打个寒战。其中不但有他先前梦到过的内容，还提到了一个"高达数英里"的庞然巨物，它或走或爬地缓慢移动。他无论如何也不肯详细描述那个巨物，只会偶尔吐露一些疯狂的只言片语，听着托比医生的转述，教授确定它一定就是年轻人在梦中雕刻出的那个无可名状的畸形怪物。医生还说，每次只要这个巨物出现，紧接着年轻人必然会失去意识。奇怪的是，虽然他的体温并不特别高，但从整体情况来看，却更像是真的在发烧，而不是患上了精神疾病。

4月2日下午3点左右，威尔考克斯的所有症状突然消失。他在床上坐起来，惊讶地发现自己居然在家里，从3月22日夜间到此刻发生的所有事情，无论是做梦还是现实，他都完全没有任何印象。医生宣布热病已经痊愈，三天后他回到了原先的住处，但对安杰尔教授来说，他再也帮不上什么忙了。随着身体的康复，奇异的怪梦消散得无影无踪。从此他讲述的全是普普通通的幻梦，毫无意义且无关紧要。一周之后，我叔祖父就不再记录他的梦境了。

手稿的第一部分到此结束，但索引的某些零散笔记成了我进一步思考的材料——它们为数众多，事实上，我之所以依然无法信任这位艺术家，仅仅因为塑造本人世界观的是根深蒂固的怀疑论。这些笔记是不同的人对各自梦境的描述，都出自年轻人威尔考克斯陷入离奇梦境的那段时间。我叔祖父似乎很快就建立起了一套庞大而广泛的调查计划，能受他盘问而又不生气的朋友几乎全被包括在内。他请他们报告每晚做了什么梦，还有过去一段时间内值得一提的梦境及做梦日期。对于他的请求，人们的反应各自不同，但总的来说，他确实获得了很多反馈，普通人若是没有秘书协助，恐怕无法处理如此海量的材料。原始文稿没有保留下来，但他摘录的笔记完整而详尽。上流社会和商界人士，这些新英格兰传统的"中坚分子"差不多全给出了否定的答案，只偶尔有零星几个人在夜间有过不安但难以形容的感觉，都是在3月23日到4月2日之间，也就是年轻人威尔考克斯出现谵妄的那段时间。科研人士受到的影响略大一些，但也只有四例模糊的描述，称他们短暂地瞥见了奇异的地貌，其中有一个人提到了对某种异常之物的恐惧。

值得关注的结果来自艺术家和诗人，我不得不说，要是他们有过对照笔记的机会，肯定会爆发出惊恐的情绪。事实上，由于缺少原始信件，我有些怀疑编辑者提出的问题是不是过于具有诱导性，或者只收录了自己想看到的内容。因此我依然认为威尔考克斯不知怎的得知我叔祖父知晓某些往事，于是前来欺骗这位老科学家。唯美主义者的反馈讲述了一个令人不安的故事。从2月28日到4月2日，他们中的很大一部分人梦到了非常怪异的事物，在雕塑家谵妄的那段时间里，他们梦境的烈度也增加了无限多倍。在所有报告的那些人的叙述中，有四分之一提到了特定的感觉和不是声音的声音，与威尔考克斯的描述不无相似之处；有些做梦者承认，在最终见到那个无可名状的庞大怪物时，他们感觉到了剧烈的惊恐。笔记中着重描述了一个悲惨的事例，中心人物是一位广为人知的建筑师，爱好神智学和神秘学，在年轻人威尔考克斯抽搐发病的那一天，他陷入了严重的疯狂状态，不断尖叫有什么逃脱的地狱居民抓住了他，恳求别人拯救他，几个月后终于死去。要是我叔祖父用人名而非编号索引这些事例，我肯定会尝试亲自确认和调查。可惜事与愿违，我只查证到了寥寥数人。然而，查到的结果完全符合笔记的描述。我时常会想，教授的访谈对象是不是都像这几个人一样满心困惑。最好他们永远都不会知道实情。

我前面提到过的剪报,涉及的也是这段时间内的恐慌、癫狂和发疯事例。安杰尔教授肯定雇佣了一家剪报社,因为剪报数量巨大,来源遍布全球。伦敦发生一起夜间自杀案,独自睡觉的男人发出可怕的尖叫,随即跳出窗户。南美洲一份报纸的编辑收到前言不搭后语的信件,一个疯子从他见到的幻象中推断出可怖的未来。加利福尼亚的官方通讯稿称一个神智学群体为了某种"光荣圆满"而穿上白袍,但他们等待的事件却没有发生。来自印度的稿件有所保留地称临近3月末,印度国内发生了严重的社会动荡。海地的巫毒活动加剧,非洲的前哨营地报告出现了险恶的传闻。美国驻菲律宾的人员发现某些部落在这段时间内变得特别棘手。3月22日至23日夜间,纽约警察遭到歇斯底里的黎凡特[2]裔暴徒的袭击。爱尔兰西部同样充满了疯狂的流言和传说。一位名叫阿尔多伊—邦诺的画家在1926年春的巴黎画展上挂出亵渎神圣的作品《梦中景象》。另有大量剪报记录了精神病院中的骚动,医学界自然也注意到了这种奇异的一致性,因此得出了各种难以想象的结论。这些剪报无疑都怪异莫名。到了这个时候,我已经很难继续秉持无情的理性,将这些事件抛诸脑后了。不过,我依然认为年轻人威尔考克斯本来就知道教授搜集的某些往事。

---

2. 地中海东部自土耳其至埃及地区诸国。

# 莱戈拉斯巡官的故事

雕塑师的梦和浅浮雕之所以对我叔祖父这么重要，正是因为早年发生的一些往事。它们构成了长篇手稿的第二部分。根据记录，安杰尔教授曾经见过那个无可名状的畸形怪物的恐怖绘像，研究过那种未知的想象文字，听到过只能转写为"Cthulhu"的那几个险恶音节。有了这些令人不安的可怕联系，也难怪他会苦苦盘问威尔考克斯并要求年轻人持续提供后续情况了。

这段往事发生于十七年前的 1908 年，美国考古协会在圣路易斯召开年会，安杰尔教授以其权威和成就，在全部研讨会上都扮演了不可或缺的角色。有几位非专业人士想借着年会的机会寻求专家的解答和帮助，教授正是他们首选的咨询对象。

这些非专业人士中最显眼的是一位相貌普通的中年男子，一时间成了整场会议的焦点。他从新奥尔良远道而来，想获得一些在新奥尔良难以接触到的特别知识。他名叫约翰·雷蒙德·莱戈拉斯，职业是警察巡官。他带来寻求专家意见的物品是一件看似非常古老的石雕，奇形怪状，令人厌恶，谁也无法确定它的来源。请不要误会，莱戈拉斯巡官对考古学没有丝毫兴趣。恰恰相反，他的好奇心完全来自纯粹的职业需要。几个月前，警方突袭了新奥尔良以南的森林沼泽地带，目标是一起疑似巫毒集会，在行动中缴获了这尊石雕——偶像、物神或天晓得什么东西。与它相关的仪式过于独特而凶残，警方意识到他们偶然撞上了一个未知的黑暗异教，比最黑暗的非洲巫毒教派还要残忍无数倍。至于石雕的来历，从被抓获的成员嘴里，警方只问出了一些不可能采信的离奇故事，因此等于什么都不知道。警方希望能得到古文物研究者的指点，帮助他们搞清楚这个骇人的象征物究竟是什么，从而顺藤摸瓜将这个异教团体连根拔除。

莱戈拉斯巡官没料到他拿出的东西能引来如此大的关注。济济一堂的科学研究者看见那尊石雕，顿时兴奋得眼睛放光，迫不及待地聚拢过来，端详那尊小石像——它怪异莫名，给人以古老得难以想象的感觉，无疑能打开某个尚未被触及的远古世界。没有人认得这个可怖物件的风格属于哪个雕塑流派，石像出处不明，黯淡发绿的表面记录了几百甚至几千年的岁月。

研究者慢慢地传看这尊石像，仔细地打量它：石像的高度在七英寸到八英寸之间，雕刻手法精巧得出奇。它描绘的是一头略有人形的怪物，头部类似章鱼，面部是无数触手，覆盖鳞片的身躯有着橡胶的质感，前后肢都长着巨爪，背后拖着长而狭窄的翅膀。这个怪物似乎充满了恐怖和非自然的恶意，身体浮胀而臃肿，邪恶地蹲伏在一个矩形石块或台座上，台座上覆盖着无法识别的字符，它的臀部占据了台座的中央位置，后腿蜷曲收拢，长而弯曲的钩爪抓住台座前沿，向下伸展到基座的四分之三处，巨大的前爪抓住后腿抬高的膝盖，酷似头足纲生物的头部向前低垂，面部触须的尾端扫过前爪的爪背。它的整体形象异乎寻常地栩栩如生，由于来源彻底未知，因而显得更加可怖。怪物的庞大、恐怖和难以想象的古老都是毋庸置疑的，但雕像与人类文明早期甚至其他全部时代的所有类型的艺术都没有显示出任何联系。另外还有一点，虽然与所雕刻的东西关系不大，但石像的材质也完全是个谜。它外表光滑，墨绿色中带着金色或虹色的斑块与条纹，在地质学和矿物学方面都显得完全陌生。基座上的文字同样令人困惑：全世界这个领域内的半数专家都出席了大会，但谁都联想不出任何语言与这些文字有着哪怕最遥远的亲缘关系。这些文字与石像的主题和材质一样，也属于某个与我们所知的人类历史迥异的陌生时代。它令人惊恐地暗示着古老而污秽的生命周期，我们的世界和人类的观念在其中并无立足之地。

在场的研究者纷纷摇头，承认巡官的问题难倒了他们，只有一位会员声称那个怪物和那些文字勾起了一丝诡异的熟悉感，犹豫着说出了他所知的一件琐事。这位已故的威廉·钱宁·韦伯是普林斯顿大学的考古学教授，是个没什么名声的探险家。四十八年前，韦伯教授参加了前往格陵兰和冰岛的探险队，目的是寻找一些如尼碑刻，但却徒劳无功。他们在格陵兰西海岸的高原遇到了一群因纽特人，这个怪异的部落信奉某种堕落的异教，那是一种奇特的恶魔崇拜，异常嗜血和恶心，让他感觉毛骨悚然。其他因纽特人对这种信仰知之甚少，每次提到都会吓得发抖，说它来自创世前某个遥远得可怕的时代。除了无可名状的祭典和杀人献祭之外，部落内还有代代相传的怪异仪式，崇拜某个 Tornasuk 也即至高的远古邪魔[3]。韦伯教授从一位年长的 Angekok 也即巫祝那里录得了一份语音学记录，尽他所能用罗马字母标注出发音。这其中最重要的一点，就是这个异教拜祭的物神，部落成员会在极光高悬冰崖上空时围绕它跳舞。根据教授的陈述，它是块粗陋的石刻浅浮雕，上面有可怖的图像和神秘的文字。据他所知，它与此刻出现在会场上的这个怪异雕像在各个特征方面都有着共通之处。

  在场会员听到这里，纷纷表示出欣喜和惊诧，莱戈拉斯巡官的兴奋则还要多出一倍，他立刻向教授提出一个接一个的问题。他的部下在逮捕那些沼泽地异教信徒之后，记录了信徒在祭典上吟诵的内容，因此他请教授尽量回忆那位因纽特人巫祝的祭文音节。在仔细对比细节之后，警探和科学家一时间惊愕得说不出话，因为他们确认，出处远隔万里的这两段邪异祭文竟然几乎完全相同。简而言之，因纽特人巫祝和路易斯安那沼泽祭司在崇

---

3. 因纽特神话中的天神或邪灵。

拜相似偶像时念诵的内容大致如下，词语间的分隔来自吟诵时的自然间断：

Ph'nglui mglw'nafh Cthulhu R'lyeh wgah'nagl fhtagn.

莱戈拉斯比韦伯教授知道的还多一点，因为有几名混血儿囚犯向他复述了长者祭司对这些文字的解释。他们的原话大致是这样的：

在拉莱耶他的宫殿里，沉睡的克苏鲁等待做梦。

随后，在与会者一致的迫切请求之下，莱戈拉斯巡警尽可能详尽地讲述了他与沼泽崇拜者打交道的经历。我看得出我叔祖父极为重视他讲述的故事，这个故事堪称神话作者和神智论者最狂野的梦境，揭示出这些混血儿和下等人渴望主宰的幻想宇宙究竟有多么令人惊愕。

1907年11月1日，新奥尔良警方接到来自南部沼泽和潟湖区域的惊恐报案。那里的绝大多数居民过着原始的生活，都是拉菲船队的后代，生性善良而本分。在夜里悄然而来的某些未知人物给他们带来了极大的恐惧。那些人似乎是巫毒教徒，但比他们所知的巫毒要可怕得多。自从饱含恶意的手鼓在定居者不敢涉足的黑森林中不断敲响之后，女性和儿童就开始失踪。他们听见了疯狂的喊叫声、痛苦的惨叫声和令人胆寒的吟诵声，见到了鬼火的舞动。吓破了胆的信使还说，定居者再也忍受不下去了。

傍晚时分，二十名警察坐上两辆马车和一辆汽车，在心惊胆战的信使带领下出发了。他们来到通行道路的尽头停车，悄无声息地走进从未见过阳光的柏树林，在沼泽中艰难跋涉了好几英里。丑陋的树根和绞索般的寄生藤阻拦着他们的脚步，每一棵畸形的树木和每一簇真菌群落都营造出病态的气氛，间或出现的湿滑石墙和残垣断壁更是加深了这种气氛。终于，定居者的村庄——一片拥挤的凄惨窝棚——浮现在了视野内。欣喜若狂的居民跑出来，围住这些拎着提灯的警察。前方远处已经飘来了隐约的手鼓声，风向变化时还能断断续续地听见让人血液结冰的尖叫。在看不见尽头的黑夜森林中，能见到灰暗的下层灌木中透出一团红光。胆怯的定居者宁可被再次抛下，也不愿朝那渎神祭典的现场多走哪怕一英寸了。莱戈拉斯巡官和十九名部下失去了向导，只能自己走进从未涉足过的黑暗树廊。

警察走进的这个区域向来有着邪恶的名声，但白人一无所知，也从不接近此地。传说中这里有一片凡人看不见的隐秘湖泊，栖息着无可名状的水螅状怪物，身体是白色的，长有会发光的眼睛。定居者中有传闻说生有蝙蝠翅膀的恶魔会在午夜时分飞出地底洞窟，前来膜拜这个怪物。他们说怪物出现的时候比德伊贝维尔[4]要早，比拉萨尔[5]要早，比印第安人要早，甚至比森林里的鸟兽都要早。怪物就是噩梦本身，见到它只有死路一条。怪物拥有让人做梦的能力，所以他们都懂得避开。事实上，现在这场巫毒祭典就在被诅咒区域的最边缘处举行，那里的景象已然十分可怕。比起令人惊骇的叫声和种种变故，祭典选择的地点很可能更让定居者害怕。

莱戈拉斯一行在黑暗中穿过沼泽，朝着红光和隐约的手鼓声前行，耳畔传来只有诗人和疯子才能平静对待的怪异声音。有些声音只可能出自人类的喉咙，有些声音只可能出自野兽的喉咙。恐怖的是有些声音听起来属于其中之一，但源头却更像另外一个。动物般狂野但整齐的放肆呼号鞭策着自身爬向魔幻高度，饱含迷醉的嚎叫和嘶喊划破黑夜，在森林中回荡不息，犹如地狱深渊里刮起的致命风暴。不太整齐的吠叫偶尔会停下，许多个沙哑嗓音突然齐声吟诵，那段可怕的颂词就出现在此时：

Ph'nglui mglw'nafh Cthulhu R'lyeh wgah'nagl fhtagn.

---

4. 德伊贝维尔（1661—1706），法国士兵、船长、探险家、殖民地总督，法属路易斯安那新法兰西殖民地的奠基人。

5. 拉萨尔（1643—1687），法国探险家，勘探了大湖地区、密西西比河流域和墨西哥湾。

这时他们来到一个树木稀疏的地方，祭典的场面赫然出现在眼前。四名警察腿脚发软，一名警察当场昏倒，两名警察吓得疯狂尖叫，好在很快就被祭典的疯狂喧嚣淹没了。莱戈拉斯用沼泽水泼醒昏倒的同伴，所有警察都站在原地，浑身颤抖，在恐惧之下几乎无法动弹。

沼泽中有个自然形成的小岛，面积约有一英亩，没有树木，覆盖着青草，看上去颇为干燥。岛上一群人正在跳跃扭摆，他们的丑恶难以用语言描述，只有席姆或安格罗拉[6]的画笔才有可能描绘出来。这些混血儿赤身裸体地围着怪异的环形篝火扭动身体，嘶喊号叫。火焰的帷幕偶尔被风吹开，露出中央的一块花岗巨岩，石块高约八英尺，顶上放着那尊相比之下小得不协调的阴森雕像。小岛上以篝火环绕的巨岩为中心，以一定的间距搭起了十个绞架，可怜的失踪定居者被倒挂在上面，尸体都遭到了奇异的损毁。这些绞架围成一圈，异教信徒们在里面跳跃怪叫，他们大致从左向右转圈，在尸体与篝火构成的两个环内无休止地狂欢。

有一位容易兴奋的西班牙裔警察，也许是因为想象力过于活跃，也许受到此情此景的刺激，竟然幻想自己听见了应和的轮唱，声音来自这片古老的恐怖森林那不见天日的遥远深处。这名警察名叫约瑟夫·D. 盖尔贝斯，我后来找到他并向他提问。事实证

---

6. 西德尼·席姆（1867—1941），英国画家。安东尼·安格罗拉（1893—1929），美国画家，以风格怪诞著称。

明他的想象力丰富得让人头疼，甚至声称他听见了巨翅扇动的隐约响动，还在最遥远的树木间看见了发光的眼睛和庞大如山的白色身躯，但我觉得他只是听多了当地人的迷信传说。

实际上，惊恐只让这些警察暂时驻足片刻而已，他们很快想起了自己的职责。尽管有近百名混血儿聚集在篝火周围，但警察毕竟有枪，他们义无反顾地冲向那群令人作呕的野蛮人。接下来五分钟的混乱和嘈杂委实难以形容。拳打脚踢，子弹横飞，暴徒落荒而逃。最后莱戈拉斯擒获了四十七名沮丧的罪犯，逼着他们以最快速度穿上衣服，在两列警察之间排队站好。五名信徒当场死亡，两名受重伤的躺上简易担架，由他们的同伙抬着。巨岩顶端的雕像当然被小心翼翼地取下，莱戈拉斯亲自将它带了回去。

他们紧张而疲惫地回到警局总部，调查之后发现，几乎所有囚犯都是精神异常的混血低等人，其中大部分是海员，除了少数几个黑人和黑白混血儿外，多数是西印度群岛的岛民和佛得角群岛的布拉瓦葡萄牙人，为这个多种人群构成的异教染上了巫毒色彩。警方不需要详细盘问就已经知道他们的信仰比黑人拜物教要晦暗和古老得多。这些人尽管堕落而无知，但对这种可憎信仰的核心理念的认识却一致得惊人。

按照犯人的说法，他们崇拜的是旧日支配者，它们从天空来到年轻的世界，早在人类出现之前就已经存在了无数年。旧日支配者后来远离世间，潜入地底和海洋深处，但遗留的躯体通过梦境向最初的人类述说了它们的秘密，人类于是创造了一种代代相传的异教。他们所属的就是这异教，犯人们说它过去一直存在，未来也将永远存在，隐藏于世界各地的偏远废墟和黑暗场所，等待大祭司克苏鲁从海底城市拉莱耶的黑暗宫殿苏醒，将地球重新置于其统治之下。总有一天，当群星排列整齐，他将发出呼叫，而秘密异教时刻准备着前去解放他。

警察再也问不出什么了。有些秘密即便动用酷刑也无法得到。人类绝对不是地球上唯一有意识的生物，曾有异物从黑暗中前来拜访极少数最虔诚的信徒。但它们不是旧日支配者。没有任何人类见过旧日支配者。那尊偶像雕刻的就是伟大的克苏鲁，可谁也不肯说其他古神是否与他相似。如今已经没有人能看懂那种古老的文字了，只留下一些事情依然在口耳相传。吟诵的颂词并不是秘密，然而不会有人大声相告，只会轻声耳语。颂词含义如下："在拉莱耶他的宫殿里，沉睡的克苏鲁等待做梦。"

只有两名犯人神志正常得足以被送上绞架，其他人则被分别送往多家精神病院。他们全都否认参与了祭典上的杀戮，信誓旦旦地说杀人的是黑翼怪物，它们来自幽暗森林中的远古聚会之地。关于这些神秘的犯罪同党，警方没有问出任何前后一致的描述，得到的线索主要来自一名极为年老的麦斯蒂索人[7]，他名叫卡斯特

---

7. 欧洲与美洲原住民的混血儿。

罗，自称曾搭船去过异域的港口，与中国深山中不死不灭的异教领袖有过交谈。

老卡斯特罗只记得可怖传奇的一些片段，也已经足以让神智学者的推测相形见绌。根据他讲述的内容，人类和文明世界只是初来乍到的匆匆过客，曾有他者统治地球数十亿年，它们建起过巨大的城市。他说，不死不灭的中国人告诉他，现在依然能找到这些城市的遗迹，例如太平洋岛屿上的巨石堆。它们早在人类出现前就已经沉睡了无数万年。当星辰在永恒循环中再次运转到特定位置时，就可以通过某些手段唤醒它们。它们事实上就来自星辰，同时带来了自身的影像。

卡斯特罗还说，这些旧日支配者并非血肉之躯。它们确实有形体，来自星辰的影像不就是明证吗？但那种形体不是由物质构成的。当星辰运转到正确的位置，它们能通过天空在世界之间穿梭。一旦星辰的位置不正确，它们就失去生命。然而，尽管现在它们不能算是活着，却也永远不会死亡。它们安息在拉莱耶巨城的石砌宫殿中，由克苏鲁的强大魔咒保护，等待星辰与地球恢复正确的排列，迎接光荣的复活。到了那个时候，必须有外力来释放它们的躯体。咒语一方面保护着它们，另一方面也限制了它们的行动，旧日支配者只能清醒地躺在黑暗中思考，任凭无数百万年的时光滚滚而逝。它们知道宇宙中发生的所有事情，通过传递思想交流，即便是这一刻，它们也正在坟墓中交谈。无尽的混沌时光之后，最初的人类出现了，旧日支配者影响最敏感的人类的梦境，与他们交谈，因为只有通过这种手段，它们的语言才有可能触及哺乳类动物的血肉头脑。

卡斯特罗压低声音说，旧日支配者向最初的人类展示小偶像，人类围绕偶像建立起异教。这些偶像来自晦暗天空的黑暗星辰。这个异教永远不会消亡，直到群星回到正确的位置，到了那个时候，秘密祭司将从坟墓中释放伟大的克苏鲁，复活他的仆从，重建他在地上的统治。那个时刻很容易分辨，因为人类将变得和旧日支配者一样——自由狂野，超越善恶，抛开律法和道德，所有人都会叫喊、杀戮，在喜悦中狂欢。然后，被释放的旧日支配者将教人们学会叫喊、杀戮、狂欢和享乐的新手段，整个地球在迷醉和自由中陷入火焰和屠杀。而现在，这个异教必须通过正确的祭典，保存那些古老方式的记忆，讲述诸神回归的预言。

在更早的时候，被选中的先民曾和坟墓中的旧日支配者在梦中交谈，不过后来发生了变故。巨石城市拉莱耶带着石柱和墓室沉入海底，深海充满了最原初的秘物，连意念也无法穿透，因此隔断了灵魂的交流。然而记忆永不消亡，高级祭司说，当星辰运转到正确的位置，拉莱耶将再次升出海面，地底的黑暗邪灵也会钻出大地，腐朽而鬼祟，来自早被遗忘的海底洞窟，充满了在那里捕捉到的晦涩流言。关于它们，老卡斯特罗不敢多说什么。他匆匆忙忙地结束发言，无论再怎么劝诱威胁，都不肯再次提起这个话题。另外一点有意思的是，他也拒绝提起旧日支配者的尺寸。谈到那个异教，他认为它的中心是千柱之城埃雷姆，这座城市位于人踪不至的阿拉伯沙漠，梦境隐藏在那里无人触碰。这个异教与欧洲的女巫异教毫无关系，除了教内成员外无人知晓，也没有任何书籍提到过它。据不死不灭的中国人说，阿拉伯疯人阿卜杜拉·阿尔哈萨德的《死灵之书》拥有两层意思，学徒可以按照他们的选择去理解，尤其是其中被讨论得最多的一句两行诗：

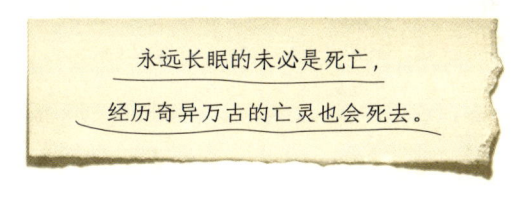

> 永远长眠的未必是死亡，
> 经历奇异万古的亡灵也会死去。

莱戈拉斯深受触动，难以镇定，他询问这个异教的过往历史，却徒劳无功。卡斯特罗说那是秘密时，显然没有说假话。图兰大学的权威人士无论就异教本身还是那尊雕像都给不出什么解释。警探今天见到了全美国最权威的一批专家，尤其重要的是他听到了韦伯教授讲述的格陵兰故事。

莱戈拉斯的故事加上小雕像的佐证，不但在会场上激起了狂热的兴趣，与会人员还在会后的通信中继续讨论，不过学会的正式出版物却几乎没有提到这些事情。他们习惯了面对欺诈和夸大，谨慎是他们处世的首要原则。莱戈拉斯将小雕像借给了韦伯教授，但教授去世后，雕像回到他的手上，目前依然由他保管，不久前我在他那里亲眼见过。它确实相当恐怖，无疑与年轻人威尔考克斯的梦中雕塑有着相似之处。

难怪我叔祖父听完雕塑家讲述的故事会那么兴奋，因为他知道莱戈拉斯掌握的异教情况，而这位敏感的年轻人不但梦到了与沼泽石像及格陵兰恶魔石板完全相同的怪物和象形文字，而且还在梦中确切地听见了因纽特恶魔崇拜者和路易斯安那混血教徒喊出过的三个词语。安杰尔教授立刻开始了最细致详尽的调查，这实在是再自然不过的事情。但私下里我怀疑威尔考克斯或许从其他途径得知了那个异教，于是捏造出一系列梦境，以我叔祖父的精力为代价，提升和延续这件事的神秘性。教授搜集的梦境报告和剪报无疑是强有力的佐证，但我头脑里的理性主义和整件事的荒谬绝伦还是让我认准了心目中最符合逻辑的结论。我再次彻底研读手稿，将莱戈拉斯描述的异教与教授的神智学及人类学笔记进行对比，然后启程前往普罗维登斯去见那位雕塑家，打算严厉谴责他肆意欺骗一位博学长者的荒唐行径。

威尔考克斯依然住在托马斯街的百合公寓里，这幢丑恶的维多利亚时代建筑物模仿了17世纪的布列塔尼风格，在山坡上可爱的殖民风格房屋中炫耀着它灰泥粉刷的门面，恰好位于全美国最精致的乔治王朝风格尖塔的阴影之中。我找到他的时候，他正在自己的房间里工作，见到四处散放着的作品，我立刻明白他的天赋确实出众。我认为，假以时日，他一定会被公认为一位重要的颓废派艺术家。亚瑟·马钦用文字、克拉克·阿什顿·史密斯用诗歌和绘画讲述的噩梦和幻想，已经被他用黏土赋予了形状，迟早有一天他会用大理石将它们表现出来。

他阴郁、脆弱，有些衣冠不整，听见我的敲门声后，没精打采地转过身，也不起身就问我有什么事情。我表明身份，他显得兴趣缺缺。我叔祖父打探他的怪异梦境时，一下子就打开了他的话匣，但我叔祖父却从来没有解释过个中原因，我也没有向他透露更多的情况，只是转弯抹角地套他的话。没多久，我就相信了他说的确实是真话，因为他提到那些梦境的语气是谁都无法怀疑其真实性的。这些梦境和梦境在潜意识中留下的残迹深刻地影响了他的艺术风格。他向我展示了一件令人汗毛倒竖的雕塑，其轮廓中所蕴含的黑暗与邪恶让我颤抖不已。除了在梦中塑造出的浅浮雕，他不记得还在哪里见过这东西的原形，只知道它不知不觉间就在手底下逐渐成形。毫无疑问，这就是他在谵妄胡诌中提到的巨大怪物。我很快就弄清楚了，除了我叔祖父在无休无止的盘问中吐露出的只言片语外，他对那个秘密异教确实一无所知。我再次开始思索，他是否还有可能从其他途径得到那些怪异的印象。

他带着奇特的诗意说起梦境，让我栩栩如生地见到了潮湿的巨石城市和黏滑的绿色石块。其中提到一个怪异的细节：石块的线条全都违背几何原理，也让我怀着惊恐的期待既像听见又像用心灵感应到了地下传来的永不停息的呼号："Cthulhu fhtagn""Cthulhu fhtagn"。这两个词语是那段恐怖祭文的构成部分之一：克苏鲁沉睡于拉莱耶的石窟，在梦中等待复活。尽管我笃信理性，但还是被深深地打动了。我确信威尔考克斯曾在无意中听说过那个异教，但很快就在他大量阅读怪异读物和胡思乱想时忘记了这回事。后来，它形成的深刻印象通过潜意识表现在了他的梦境中，也表现在那块浅浮雕和此刻我手中的这尊可怖雕像上。因此他对我叔祖父的欺骗纯属无心之举。我不喜欢这位年轻人既有些装模作样又有些缺乏礼貌的做派，但依然愿意承认他的天赋和诚实。我友善地与他道别，祝愿他能借助天赋取得应有的成功。

那个异教依然令我着迷，有时我还会幻想自己能因为探求其起源和关联而声名远扬。我去了新奥尔良，探访莱戈拉斯和突袭行动的其他参与者，查看那尊可怕的雕像，甚至盘问了依然在世的几名混血儿囚犯。可惜老卡斯特罗已经去世数年。我掌握了许多一手资料，虽说只是更详尽地印证了我叔祖父写下的文字，但同时也让我心潮澎湃。因为我确信自己正在探寻一个非常真实和秘密的古老宗教，这个发现能帮助我成为著名的人类学专家。我依然完全秉持唯物主义——此刻我真希望还能继续坚持——因此忽视了安杰尔教授的梦境笔记和剪报之间难以解释的反常联系。

有一点令我有所怀疑——不过现在我已经知道了真相——那就是我叔祖父绝非自然死亡。他从满是外来混血儿的古老码头回家，在山坡窄街上被一名黑人水手不经意地推了一把，因而摔倒在地。

我没有忘记路易斯安那的异教成员都是靠海吃饭的混血儿，拥有神秘的仪式和信仰，就算得知他们还会用毒针隐秘地杀人，我也不会吃惊。莱戈拉斯和部下确实活到了今天，但挪威有一位海员就因为见到某些东西而不幸失去了生命。叔祖父在得知雕像的存在后展开了进一步的调查，这会不会传到了某些恶人耳中呢？我认为安杰尔教授之所以会丧命，不是因为他知道得太多，而是因为他还想知道得更多。我是否也会丧命还有待观察，因为我现在知道得比他还多。

# 来自大海的疯狂

假如上天愿意赐我一点恩惠,那么我希望神能消除我偶然间看见一张垫纸而引发的种种后果。按照平时的生活轨迹,我绝对不会撞见那张破纸,因为那是一份澳大利亚的旧报纸:1925年4月18日出版的《悉尼公告报》。它甚至逃过了剪报社的视线,因为出版时间恰好就在剪报社为我叔祖父的研究疯狂搜集素材的那段日子里。

我的大部分精力都用在了探求安杰尔教授所说的"克苏鲁异教"上。某天我去新泽西的帕特森拜访一位博学多识的朋友,他是当地博物馆馆长和著名的矿物学家。我在博物馆的内室查看储物架上的凌乱藏品,视线落在垫石块的旧报纸上,赫然看见了一张怪异的照片。这就是我前面说到的那份《悉尼公告报》——我这位朋友在世界各国都拥有广泛的联系。那是一张半色调照片,拍摄的是一块丑恶的石像,与莱戈拉斯在沼泽中找到的那块几乎一模一样。

我急切地推开珍贵的藏品,仔细阅读那篇文章,很失望地发现文章很短，但内容与我逐渐走进死胡同的探究有着千丝万缕的联系，我小心翼翼地将文章撕了下来。内容如下：

## 海上发现神秘弃船

"警醒号"拖拽失去动力的新西兰武装快船抵埠。

快船上发现一名幸存者和一名死者。据称海上发生殊死战斗和人员伤亡。获救海员拒绝详述诡奇经历，其所有物中发现怪异偶像。（详见下文）

莫里森公司的货船"警醒号"自瓦尔帕莱索起航，于今晨抵达达令港的公司码头，拖曳有因战斗致残但全副武装的蒸汽快船"警觉号"。"警觉号"自新西兰的达尼丁出发，4月12日在南纬34度21分、西经152度17分处被发现时，船上有一名幸存者和一名死者。

"警醒号"于3月25日离开瓦尔帕莱索。4月2日，由于遭遇了异乎寻常的强烈风暴和巨浪，船只被推向南方，偏离航道。4月12日，船员看见上述弃船。尽管看似空无一人，但登船人员在船上发现了一名处于半谵妄状态的幸存者和一具死亡已超过一周的尸体。幸存者抱着一个来源不明的可怖石雕偶像，石雕高约一英尺，悉尼大学、皇家学会和学院街博物馆的专家均承认对其一无所知，而幸存者称他在快船的船舱中发现了这尊雕像，当时它被安放在一个刻有粗陋花纹的小神龛中。

这位先生在恢复神志后讲述了一个有关海盗和杀戮的荒诞故事。他名叫古斯塔夫·约翰森，是一位聪慧的挪威人，在奥克兰的双桅船"艾玛号"上担任二副。"艾玛号"于2月20日起航前往卡亚俄，船员共计十一人。据他说，"艾玛号"于3月1日遇到大风暴，船期因此延误，向南严重偏离航线。3月22日，"艾玛号"在南纬49度51分、西经128度34分处遇到"警觉号"，操纵"警觉号"的是一群怪异而相貌凶恶的南太平洋土人和劣等混血儿。他们蛮横地命令"艾玛号"返航，柯林斯船长严词拒绝；怪异船员在没有任何提醒的情况下，即刻使用重火力铜制排炮发动残忍的攻击。这位幸存者称，"艾玛号"的船员奋勇还击，炮弹击中双桅船吃水线下的位置，"艾玛号"开始下沉。船员操纵双桅船靠上敌舰，登船后与那群野蛮人在甲板上展开搏斗，在不得已的情况下将其悉数杀灭。野蛮人的数量稍占优势，尽管异常凶恶、悍不畏死，但在战斗技巧方面略逊一筹。

"艾玛号"的三名船员不幸遇难，柯林斯船长和格林大副也在其列。剩下的八名船员在约翰森二副的领导下驾驶俘获的快船按原方向航行，希望能找出那些野蛮人命令他们返航的原因。这个原因在第二天出现了，他们看见并登上了一个小岛，但海图上并没有该小岛的记录。六名船员出于某些原因死在岛上，但约翰逊很奇怪地没有仔细讲述当时的情况，只说他们掉进了岩石间的裂隙。后来，他和一名同伴重新登上快船，尝试驾驶它返航，但又遭遇了4月2日的风暴。从那天到12日获救期间的事情，他几乎完全记不起来了，甚至不记得他的同伴威廉·布里登是哪一天过世的。布里登的死因不得而知，很可能是曝晒脱水或受到了强烈刺激。从达尼丁发来的电报称"警觉号"是一艘著名的岛间商船，在港口的名声很不好。该船由一群怪异的下等混血儿操控，他们频繁集会，常在夜间前往森林，引来的关注绝非一星半点。3月1日的风暴和地震后，"警觉号"匆忙出海。我们在奥克兰的记者称，外界对"艾玛号"及其船员的评价很高，约翰森是公认冷静镇定和值得信任的人。海军部将从明天起对整件事展开调查，并将尽可能地劝说约翰森吐露更多的真相。

文章就这么简单，外加一张恐怖的偶像照片。但它在我脑海里激起了一连串怎样的念头啊！这是有关克苏鲁异教宝贵的新资料，能证明它不但在陆地有影响，在海上也一样。那群混血儿船员载着邪恶偶像航行，见到"艾玛号"就命令他们返航，究竟是出于什么动机呢？"艾玛号"的六名船员到底死于一个怎样的未知小岛上，约翰森守口如瓶的事情究竟是什么呢？海军部的调查会揭开什么样的罪行，达尼丁的居民对那个邪恶异教有什么了解呢？还有最诡谲的一个问题，这些事件的日期对于我叔祖父仔细记录下的事件有着险恶但无法否认的重大意义，这其中有着什么样的超乎寻常的深刻联系呢？

地震和风暴发生于3月1日，由于隔着国际日期变更线，因此在我们这里是2月28日。"警觉号"及其邪恶的船员像是受到了紧急召唤，匆匆忙忙从达尼丁起航；与此同时，在地球的另一头，诗人和艺术家梦到一座湿滑怪异的巨石城市，一名年轻的雕塑家在睡梦中塑造出了克苏鲁的恐怖形象；3月23日，"艾玛号"的船员登上一座未知岛屿，六个人失去生命；同一天，敏感人群的梦境的清晰程度达到高峰，紧追不放的巨大怪物让梦境变得更加阴森，一名建筑师发疯，那位雕塑家突然陷入谵妄！4月2日再次刮起风暴，关于潮湿城市的噩梦戛然而止，威尔考克斯从怪异热病的束缚中醒来，没有受到任何伤害，这又是怎么一回事呢？所有这一切，还有老卡斯特罗讲述的来自星辰的古神即将再临、忠实于古神的异教和古神操纵梦境的能力，这些到底代表着什么？我难道正在人类无法掌控的宇宙大恐怖的边缘蹒跚而行吗？假如真是这样，它们肯定是作用于心灵的恐怖，出于某些原因，4月2日的某种状况阻止了那些恐怖存在对人类灵魂的围攻。

我花了一整天发电报和安排各种事情，当晚就辞别招待我的朋友，乘火车前往圣弗朗西斯科。不到一个月，我来到了达尼丁，发现当地人对那些流连于海边酒馆的异教信徒知之甚少。码头上的下等人渣太多了，没有谁值得特别关注。但我还是听说了一些流言蜚语，称那些混血儿曾经去过一趟内陆，在此期间，偏远的丘陵上出现了微弱的鼓声和红色的火光。来到奥克兰，我得知约翰森在悉尼经历了详尽的盘问，不过调查没有给出任何结论，回来时满头的黄发变得雪白。他卖掉了西街的住所，带着妻子乘船去了奥斯陆的老家。有关那场惊心动魄的冒险，他告诉海军部的和告诉朋友的一样多，因此他的朋友能告诉我的只有他在奥斯陆的地址。

随后我前往悉尼，向海员和海军部调查庭的人员了解情况，却一无所获。我在悉尼湾的环形码头见到了"警觉号"，这艘船已被卖掉并转为商用，它平凡的外形没能给我任何线索。那尊雕像保存在海德公园的博物馆里，怪物长着乌贼的头颅和恶龙的身体，翅膀上覆盖鳞片，蹲伏在刻有象形文字的底座上。我仔细认真地研究了一番，发现这件恐怖物品的雕工异常精细，与莱戈拉斯那尊比较小的雕像一样，也极其神秘、无比古老，材质也同样异乎寻常。馆长告诉我，地质学家认为这是个巨大的谜团，他们发誓说世间不存在这种石材。我不禁战栗，想到了老卡斯特罗提到旧日支配者时对莱戈拉斯说的话："它们来自星辰，带来了自身的影像。"

我的精神遭受了前所未有的巨大震动，于是决定去奥斯陆拜访约翰森二副。我乘船来到伦敦，立刻转船前往挪威首都，在秋季的一天登上了艾奇伯格城堡阴影下的整洁码头。我发现约翰森的住址位于无情者哈拉尔国王的旧城里，在这座伟大城市更名为"克里斯蒂安纳"的那几个世纪内，全靠旧城保存了"奥斯陆"这个名字。我乘出租车走了一小段路，来到一幢整洁而古老的灰泥外墙房屋前，忐忑不安地敲开大门。开门的是一位女士，身穿黑衣，表情哀切。她用结结巴巴的英语说古斯塔夫·约翰森已经不在了，我不禁大失所望。

约翰森的妻子说，他回来后像是变了个人，1925年在海上遇到的事情击垮了他。他告诉妻子的事情并不比告诉公众的更多，但他留下了一份关于某些"技术问题"的长篇手稿。手稿是用英语写的，显然是为了保护她，以免她无意读到后引来祸事。约翰森走在哥德堡码头附近的一条窄巷里，被一扇阁楼窗户掉落的一捆文书砸倒在地。两位印度水手连忙搀扶起他，但还没等救护车赶到，他就不幸去世了。医生没有找到明确的死因，只好归咎于心脏问题和体质衰弱。

此刻我感到担忧啃噬着我的内脏，黑暗的恐怖绝对不会放过我，直到所谓的"偶然事件"也让我长眠。我说服约翰森的遗孀，让她相信我与她丈夫的"技术问题"有所联系，于是拿到了那份手稿。我带着手稿离开，在回英国的船上开始阅读。手稿琐碎而庞杂，是一名淳朴水手在事后写下的日记，一天一天地记录了最后那次恐怖航行。手稿的文字晦涩而冗繁，因此我就不逐字逐句抄录了，仅仅复述其精髓就足以说明，为什么连海浪拍打船身的声音对我来说都变得难以忍受，甚至不得不用棉花堵住耳朵。

感谢上帝，约翰森尽管见过那座城市和邪神本身，但并不了解整件事情。可是，当我想到永远潜伏于时间与空间背后的巨大恐怖，想到来自远古星辰的污秽怪物就在海底沉睡，噩梦般的异教知晓并崇拜它们，准备并乐于释放它们，等待下一次地震将它们的巨石城市托向阳光和空气，我再也无法安然入睡。

约翰森的航程初期与他向海军部做出的陈述完全相同。"艾玛号"载着压舱物于2月20日离开奥克兰，遭遇了地震引发的强烈风暴，无疑正是充满人们噩梦的巨大恐怖从海底升起导致了这场风暴。"艾玛号"恢复控制后，航程相当顺利，直到3月22日遇见"警觉号"。二副写到"艾玛号"被炸沉的经过时，我能感觉到他胸中的哀恸。写到"警觉号"上的黑肤异教狂徒时，语气含着强烈的恐惧。那些人带着一种特别的邪恶气质，因此杀死他们简直成了一项责任。在调查庭的处理过程中，约翰森等人被指为冷酷无情，他对此表示出错愕和不解。出于好奇，约翰森指挥船员驾驶俘获的快船继续前进，看见远处有一根巨大的石柱伸出海面，随后在南纬 47 度 9 分、西经 126 度 43 分处见到了一道海岸线，这道海岸线上混杂着淤泥、黏液和挂满海草的巨石建筑，那无疑就是地球上最可怕的场所：噩梦般的死城拉莱耶。隐藏在历史背后的万古世代之前，庞大如山的可憎怪物从黑暗星辰来到地球，修建了这座城市。伟大的克苏鲁和族人隐藏在涂满绿色黏液的厅堂里，在难以计量的无数个时间循环之后，终于对外传送出了他的思想，向敏感者的梦境播撒恐惧，专横地召唤信徒前去朝拜和释放他。约翰森对此一无所知，但上帝知道他很快就将看到什么！

我猜升出水面的只是一个山顶，山顶上可怖的巨石堡垒是克苏鲁的埋身之处。当我想到海面下还隐藏着什么东西的时候，真是恨不得立刻杀死自己。远古恶魔建造的巴比伦巨城极尽雄伟与恢宏，让约翰森和船员瑟缩不已，他们不需要专家的指点，也能猜到它绝对不可能出自地球或任何一颗普通星球。他们感叹于绿色石块那难以置信的尺寸、巨大石柱那令人眩晕的高度，诧异地发现庞大的雕像和浅浮雕与"警觉号"神龛里的怪异偶像几乎完全相同。读着二副那令人惊恐的描述，这些场景栩栩如生地浮现在我眼前。

约翰森虽说不知道未来主义是什么，但他描述这座城市的笔法却像极了这种艺术。他没有描述具体的结构体或建筑物，只说出了对于巨大角度和石块表面的宽泛印象——那些表面过于巨大，不可能属于任何正常物体，更不适合我们的地球，上面刻满了邪恶的可怖图像和只存在于想象中的文字。我之所以会提起他说到的"角度",是因为它让我想到了威尔考克斯向我讲述的可怕梦境。他曾说自己在梦中见到的场景违背了几何原理,不属于欧几里得空间,令人惊恐地联想起球面和与我们这个世界迥然不同的维度。而日记里这位没有受过教育的海员看着恐怖的现实场景时,居然也产生了同样的感觉。

约翰森和船员在这座庞然城池的烂泥斜坡上登陆,吃力地爬上湿滑的巨型石块,那绝对不可能是供凡人使用的阶梯。从海水浸泡的魔窟中升出能够偏光的瘴气,隔着瘴气望去,天上的太阳像是被扭曲了,变态的威胁和危险潜伏在巨石那难以捉摸的疯狂角度之中——第一眼望去是凸起,第二眼却成了凹陷。

虽说眼睛看见的只有岩石、烂泥和水草,但某种类似于恐惧的情绪笼罩了这几位探险者。要不是害怕被其他人嘲笑,他们每个人都想转身就逃。一行人心不在焉地搜索着,想找一件能搬动的纪念品带走,结果却徒劳无功。

葡萄牙人罗德里格斯爬上石柱的根部,高喊他有了发现。其他人跟着爬上去,好奇地看着刻有图案的巨门,门上的章鱼头龙身怪物浅浮雕对他们来说已经不陌生了。约翰森说,那扇门像是一扇巨大的库房门。船员之所以认为那是一扇门,是因为它有着华丽的门楣、门槛和门框,但他们无法确认它究竟是平放的翻板活门还是地窖外斜置的拉门。正如威尔考克斯所说,这个地方违背了几何学原理。你无法确定海面和地面是不是水平的,其他物体的相对位置也就变得光怪陆离。

布里登在几个地方推按石块,却没能打开门。多诺万顺着门的边缘仔细摸索,边摸边按下每一处突起。他顺着怪异的石雕无休止地攀爬,说他是攀爬,因为你无法确定那扇门是不是水平的。他们难以想象宇宙中怎么会存在这么巨大的一扇门。渐渐地,慢慢地,以英亩计量的门扇从顶部向内打开。他们发现门是在中部保持平衡的。多诺万滑下来(或爬下来或沿着门框滚下来),回到伙伴身旁,庞大的石雕门诡异地向内转动。在仿佛棱镜变形的幻象之中,门以不规则的对角路线移动,所有的物理法则和透视规则仿佛都失效了。

门里漆黑一片,仿佛黑暗是有形的物质。不过黑暗在这里却是一件好事,因为它遮蔽了应该被他们看见的内墙,黑暗像浓烟似的从万古囚笼中喷涌而出,拍打着肉膜翅膀逃向已经缩小和隆起的天空,明显地挡住了阳光。从刚打开的深渊中飘来了难以忍受的气味,听觉敏锐的霍金斯认为他听见底下传来某种溅水的恶心声音。所有人竖起耳朵聆听,就在这个时候,它拖着庞大的身躯出现在了人们的视野内,凝胶状的绿色身躯挤出黑色巨门,来到疯狂有毒的城市那腐臭的室外空气中。

可怜的约翰森到这里几乎写不下去了。在六个未能回到船上的同伴中,他认为有两位就在这时被活活吓死。文字无法形容那个物体，任何语言都不可能描述那种充满尖叫和远古疯狂的深渊，那头恐怖之物违背了一切物质、能量和宇宙秩序，像一座山似的行走或蠕动。上帝啊！难怪地球另一头那位伟大的建筑家会发疯，难怪可怜的威尔考克斯会因为心灵感应而谵妄狂叫！那些偶像所摹绘的怪物，星辰的绿色黏液之子，他苏醒了，要来宣布他的权柄了。群星的排列已经就位，古老的异教在计划中没能完成的任务，却要被一群无知的水手在偶然间实现了。克苏鲁在沉睡无数亿万年之后，重新获得了自由，准备为了取乐而蹂躏世界。

他们还没转身，松弛的巨爪就将三个人扫飞出去。假如宇宙间真的存在安息，那就请上帝保佑他们安息吧。他们是多诺万、圭雷拉和艾格斯特朗。另外三个人发疯般地跑过没有尽头的结着绿苔的岩石逃向登陆艇，帕克滑倒在地，约翰森发誓一个本来不存在的石块角度吞噬了帕克——那个角度看似锐角，表现却像个钝角。最后只剩下布里登和约翰森回到登陆艇上，拼命划向"警觉号"。庞大如山的怪物沉重地爬下黏糊糊的石阶，犹豫片刻后就在水边翻腾起来。

尽管船员都上岸了，但蒸汽机没有完全关闭，因此他们只在舵轮和引擎之间爬上爬下忙活了几分钟，"警觉号"就重新起航了。在难以描述的扭曲恐怖之中，她开始慢慢搅动致命的海水。阴森得不似地球的石砌海岸上，来自群星的庞然巨物滔滔不绝地胡言乱语，就好像波吕斐摩斯诅咒奥德修斯逃跑的船只。但伟大的克苏鲁比故事里的独眼巨人要有勇气，他滑进海水，开始追赶"警觉号"，以可怕的力量挥动肢体，掀起阵阵波涛。布里登回头张望，顿时发了疯，他尖声狂笑，笑个不停，直到一天晚上在船舱里被死神带走，留下谵妄的约翰森四处徘徊。

但当时约翰森并没有放弃。他知道蒸汽机若是不出全力，"警觉号"就会被那怪物追上，于是他决定冒死一搏。他将发动机推到全速运转，以光速冲回甲板上，操舵掉转船头。有毒的咸水掀起巨浪和泡沫，蒸汽机运转得越来越快，勇敢的挪威人驾着快船冲向追赶他的胶冻怪物，那怪物浮在不洁的泡沫上，活像恶魔旗舰的船尾。恐怖的乌贼头部和蠕动的触手几乎碰到了"警觉号"船首斜桅的顶部，但约翰森义无反顾地继续前进。紧接着怪物就像球胆一般地爆裂，顿时一片污秽狼藉，仿佛翻车鱼炸开时的场面，气味恶臭得宛如一千座坟墓同时打开，那声巨响怪异得连记事者都不愿写在纸上。有那么一个瞬间，酸臭刺鼻的绿色云团彻底笼罩了快船，下一个瞬间，翻涌的毒气就被甩在了船尾之后。上帝保佑！分崩离析的无名外来生物像星云似的重新聚拢成他可憎的原形，随着蒸汽机的运转，"警觉号"得到的推动力越来越大，与怪物之间的距离也越来越远。

终于结束了。随后的那些天，约翰森只是凝视着船舱里的雕像沉思，为他和身旁的狂笑疯子准备简单的食物。经历过生平第一次勇猛突进后，他放弃了导航，因为那次行动的反作用力取走了他灵魂中的某些东西。接下来，4月2日的风暴突然袭来，乌云同时也围困了他的心灵。那种感觉就仿佛幽魂在永恒的流质沟壑中盘旋，仿佛乘着彗尾穿过混乱宇宙的眩晕旅程，仿佛从深渊突然飞到月球然后又落回深渊，扭曲欢乐的旧日支配者和长着绿色蝙蝠翅膀的地狱小鬼齐声大笑，一切都好像身临其境。

他在梦中得到了拯救——"警醒号"，海军部调查庭，达尼丁的街道，漫长的归乡旅程，艾奇伯格城堡旁的老屋。他不能开口，否则别人会认为他发疯了。他要在死亡降临前写下所知道的事情，但绝不能让妻子起疑心。假如死亡能抹掉那段记忆，那就是一种恩惠了。

我读到的手稿就是这些，我将它连同那块浅浮雕和安杰尔教授的手稿一起放进了白铁箱子。我本人的这份记录也会放进去，它能够证明我的精神是否健全，也在其中拼凑起了我希望永远不要再有人拼凑起来的真相。我见到了宇宙蕴含的全部恐怖，见过之后，就连春日的天空和夏季的花朵在我眼中也是毒药。我不认为自己还能存活多久。我的叔祖父已经走了，可怜的约翰森也走了，我也将随他们而去。我知道得太多了，而那个异教依然存在。

我猜克苏鲁也依然活着，回到了从太阳还年轻时就开始保护他的石块洞窟。受诅咒的城市再次沉入海底，因为"警醒号"在四月的风暴后曾驶过那个位置。而他在地面上的祭司依然在偏远的角落里，围着放置偶像的巨石号叫、跳跃和杀戮。克苏鲁肯定在沉没中被困在了黑暗深渊中,否则我们的世界此刻早已充满了惊恐和疯狂的尖叫。谁知道以后会怎么样呢?已经升起的或会沉没,已经沉没的或会升起。可憎之物在深渊中等待和做梦,衰败蔓延于人类岌岌可危的城市。那一刻终将到来——但我不愿也不能去想象!我衷心祈祷,假如我在死后留下了这份手稿,希望遗嘱执行人会用谨慎代替鲁莽,别再让第二双眼睛看到它。

# 黑暗中的低语

~1~

请牢记一点,直到最后,我也没有看到任何可见的恐怖。但要说是精神震撼使得我推断出那样的结论——这个结论成为最后一根稻草,压得我逃出偏僻的埃克利农庄,在黑夜中驾着借用的汽车穿过佛蒙特的丘陵荒野——那也是对我最终这段经历中最明白的事实视而不见。尽管我能够和盘托出我对亨利·埃克利的了解和揣测,以及目睹和听见的事情和这些事情给我留下的深刻印象,但哪怕到了现在,我也无法证明那可怕的推论是否正确。埃克利的失踪说明不了任何问题。除了屋里屋外的弹痕,人们没有发现任何可疑之处。就仿佛他漫不经心地出门散步,结果一去不返。甚至没有任何迹象能说明这里有过访客,保存在书房里的可怖圆筒和机器也消失得无影无踪。他在郁郁葱葱的绿色山丘和淙淙流淌的溪水之间出生和长大,但对这些事物的恐惧也同样说明不了任何问题,因为世上有千千万万的人有这种病态的恐惧症。更何况精神不正常这个理由很容易被用来解释他在最后这段时间里的怪异行为和强烈忧惧。

对我来说，整件事情是从 1927 年 11 月 3 日佛蒙特州那场史无前例、毫无预兆的洪水开始的。我当时和现在一样，是马萨诸塞州阿卡姆镇米斯卡托尼克大学的文学讲师，也是热衷于新英格兰民间传说的业余研究者。洪水过后不久，在艰难困苦的组织救援的新闻充斥报纸的时候，也出现了泛洪河流上漂来奇异物体的离奇故事。我的许多朋友出于好奇开始讨论，并向我征求这方面的意见。我的民间传说研究能得到这样的重视，自然使我受宠若惊。我尽可能地贬低那些荒诞不经的含混故事，它们显然是乡野迷信这棵老树上长出的新芽。有几位受过教育的人居然坚持认为那些传闻之下暗藏着变形的事实，我不禁觉得非常可笑。

拿来让我鉴别的故事通常以剪报为载体，但有一则奇谈来自口耳相传。我一位朋友的母亲住在佛蒙特哈德威克镇，她写信给我朋友时提到了这件事。这则奇谈从类型上说与别的传闻没什么区别，只是其中牵涉到了三件不同的事例。第一件发生在蒙彼利埃附近的威努斯基河，第二件是努凡以北的温德姆县的西河，第三件是林登维尔以北的卡列多尼亚县的帕萨姆西克河。当然了，还有许多零星传闻提到了其他事例，但分析下来，它们似乎都发源于以上三件。每一个事例中都有乡村居民自称在从人迹罕至的山岭奔腾而来的洪水中，见到了一个或多个令人不安的怪异物体。这些目击事件引得老人重新说起一些几乎被遗忘的隐秘传说，将目击事件与那些原始粗糙的传说联系起来的趋势愈演愈烈。

人们认为他们看到的是一些前所未见的有机生物。当然了，在那场人间悲剧中，洪水冲来了很多人类的尸体。但声称见到了怪异尸体的村民却很确定，尽管在尺寸和大致轮廓上都与人类相近，但它们绝对不是人类，也不可能是佛蒙特这片土地上出没的任何动物。它们体长约五英尺，呈粉红色，外覆硬壳，长有成对的背鳍或膜翅以及多双有关节的肢体，本应是头部的位置却是个满布褶皱的椭球体，上面长着无数极短的触须。值得注意的是不同来源的报告居然高度一致，不过考虑到古老的传说曾在丘陵乡野广泛流传，所描绘的生动而可怖的画面很可能感染了所有目击者的想象力，我也就没那么惊讶了。我得出结论，每一个事例中的目击者都是头脑简单的淳朴乡民，他们在激流中见到了人类或牲畜被泡胀的残缺尸体，潜藏在记忆中的民间传说给那些可悲的物体增添了幻想元素。

那个古老的民间传说含混而晦涩，已经被大多数当代人遗忘，它拥有极其不同的特殊之处，明显受到了更古老的印第安传说的影响。尽管没有去过佛蒙特，但我很熟悉这个故事，因为我读过伊莱·达文波特那本罕见的专著，其中辑录了1839年从该州最年长的人群中获得的口头材料。更有甚者，这些材料几乎完全符合我在新罕布什尔山区的年长村民那里听到的故事。简而言之，这个传说暗示有一族隐秘的可怖生物出没于偏僻山区中的某处：崇山峻岭的密林深处，无源溪水流淌的黑暗山谷。很少有人见过这种生物，但总有一些人敢于在某些山坡上比其他人走得更远，或者深入连野狼都避而远之的陡峭河谷，他们偶尔会声称见到了它们存在的证据。

所谓证据是荒原或溪水旁泥地上的怪异脚印或爪印，是石块摆成的奇特圆环——圆环周围的青草已被磨平，而圆环和石块本身的形状都不像出自大自然之手。所谓证据也是山麓上深不可测的洞穴，洞口被石块封死，无论如何都不像是偶然事件，洞口处还有多得异乎寻常的怪异脚印进进出出——当然了，前提是脚印的指向符合一般规律。最可怕的地方是，非常罕见的情况下，那些胆大妄为之徒偶尔会在偏僻山谷或人类不可能攀爬而至的密林中看见一些怪物。

要是有关这些怪物的零散描述不是如此一致，人们大概也就没有那么不安了。但事实上，几乎所有传闻都有几点共同之处：它们体形巨大，状如螃蟹，外壳呈鲜红色，长着许多条腿，背脊中部有一对类似蝙蝠的巨大翅膀。它们有时候用所有腿行走，有时候只用最后两条腿行走，用其他肢体搬运用途不明的大型物体。有一次，胆大者见到一大批这种怪物，一排三个地列成明显具备纪律性的队伍，沿着森林中的浅溪涉水而行。也曾有人目击一个怪物飞行，它在夜间跃下寸草不生的孤山顶峰，满月有一瞬间勾勒出它扇动着的巨大翅膀，随即就消失在了夜空中。

大体而言，这些生物似乎满足于与人类互不干扰的生活，然而有些时候，它们要为一些胆大妄为之徒的失踪负上责任，尤其是选择了错误的地点建造房屋的那些人——他们或者过于靠近某些山谷，或者在某些山峰上爬得太高。很多当地人渐渐明白不该在某些地点定居，原因早已被遗忘，那种感觉却长久地留了下来。人们在仰望邻近的山峰悬崖时会心悸颤抖，尽管他们根本不记得就在那些狰狞的绿色岗哨脚下，有多少定居者曾经失踪，有多少农舍被烧成白地。

根据最早的传说，这些生物似乎只会伤害贸然闯入它们领地的人类。而在较晚的记述中，它们会好奇地观察人类，甚至尝试在人类世界内建立秘密哨站。有些传闻称人们清晨起来，在农舍窗户周围发现了怪异的爪印，还有传闻说在它们出没区域外的地点，偶尔也会有人类离奇失踪，甚至曾有孤身旅人在密林中的小径或车道上，听见以嗡嗡声模仿人类说话的声音向他们发出让人惊讶的邀约。在住得离原始森林很近的人家里，常有孩童被见到或听到的东西吓得魂不附体。一层一层抽丝剥茧，在距离迷信与禁忌只隔着最后一层的传说中，你会找到一些令人震撼的故事：隐士和偏远地区的农民在生命的某一段时期经历了精神上的可怕变化，其他人会对他们避之不及，在暗地里说他们将自己出卖给了奇异生物。1800年前后，在东北某县有过一阵风潮，人们指责行为古怪且不受欢迎的隐士是可憎怪物的盟友或代理人。

至于那些怪物究竟是什么，答案自然五花八门。它们通常被称为"那些东西"或"古老的东西"，但各个地区在不同时期也给它们起过其他的名称。大多数清教徒定居者直截了当地认为它们是魔鬼的奴仆，围绕它们做出了充满敬畏的神学推测。凯尔特传奇的继承者——主要是新罕布什尔的苏格兰与爱尔兰人，还有他们的一些亲友，这些人获得温特沃斯州长许可后来到佛蒙特定居——将怪物与邪恶妖精以及沼泽、丘陵中的"小人"联系在一起，他们用世代相传的长短咒语保护自己。印第安人对这件事情有着最离奇的解释。尽管不同的部落拥有不同的传说，但在某些关键问题上的看法却一致得出奇：这些怪物并不是这颗星球上的居民。

其中最完整也最生动的当属彭纳库克神话，称有翼者来自天空中的大熊座，在群山中开矿，采集一种它们在其他星球上找不到的石块。神话称它们并没有在地球上定居，只是建立了哨站，带着开采到的大量石块飞回北方母星。它们只伤害过于靠近或试图窥探的地球人类。动物会避开它们，那是出于本能的厌恶，而不是害怕被猎杀。它们无法消化地球上的产物和动物，而是从母星带来自己的食物。靠近它们不是好事，一些年轻猎人走进它们盘踞的山岭，一去不返。听它们在深夜森林中的低语也不是好事，那声音就像蜜蜂企图模仿人类说话。它们能听懂人类的所有语言，无论是彭纳库克、休伦还是五大部落的语言都能听懂，但似乎没有也不需要自己的语言。它们通过头部交流，用各种方式变幻出不同颜色，借此表达各种意思。

当然了，所有的传奇故事，无论属于白人还是印第安人，进入

19世纪后都渐渐消亡，偶尔才会重新焕发出生机。佛蒙特人的生活方式固定了下来：他们根据某种特定的布置，确定了惯用路线和定居地点，渐渐忘记了是什么样的恐惧和禁忌催生了那番布置，甚至忘记了恐惧和禁忌的存在。绝大多数人只知道某些山区被公认为高度危险和有害无益，居住在那里会引来厄运，总而言之就是离那种地方越远越好。风俗习惯和经济利益的传统在已经建成的定居地点越发深入人心，人们不再有理由越过边界。怪物出没的山林之所以遭到弃置，更多是出于偶然而非蓄意。除了罕有的区域性恐慌时期，只有热爱奇闻的老祖母和怀念过往的耄耋老者会悄声说起那些山区居住的怪物。但就连这些老人也承认，不需要害怕那些怪物，因为它们已经习惯了房屋和定居点的存在，而人类也绝对不会去侵扰它们选定的领地。

凭借广泛的阅读和本人亲自在新罕布什尔采集的民间传说，我对这些情况早就了如指掌。因此，当洪水时期的传闻开始泛滥时，很容易就能猜到是什么样的想象土壤催生了这些传闻。我费了很大的精力向朋友们解释，可有几位热衷于争辩的非要固执己见，认为那些报道中有可能存在真实的元素，我也只能一笑置之了。他们想要证明的是那些早期传说中存在值得注意的延续性和一致性，而佛蒙特的群山几乎没有得到过勘探，武断地认定那里是否居住着什么东西是非常不明智的。我向他们保证，那些神话都符合一套众所周知的模式，这个模式对全人类来说稀松常见，文明早期的想象体验总会创造出同一种类型的幻想。但他们依然不肯让步。

我向对手们证明，佛蒙特神话与大自然化身的普遍传说几乎毫无区别，正是这样的传说，让古代世界充满了人头羊身的法翁、树木化身的林仙和半人半羊的萨堤尔，给近代希腊留下了卡利坎扎罗斯，在威尔斯和爱尔兰的荒野中创造出了怪异、矮小而可怕的潜藏种族穴居人和地底人，但同样无济于事。我指出尼泊尔山区部落也相信类似的怪物"米戈"（也就是"可怖的雪人"）出没于喜马拉雅山脉顶峰的冰雪和岩石中，还是没能说服他们。我提出这条论据时，对手却拿它反驳我，声称这无疑说明各种古老传说有着真实的历史起源，声称它证明了某些更古老的怪异种族确实存在，在人类出现并取得支配地位后被迫躲藏起来，种群数量虽说越来越少，但极有可能存活到了相对较近的时期，甚至到现在还依然没有灭绝。

我越是嘲笑这种推测，那些顽固的朋友就越是不肯改口，还说就算去掉过往传奇的影响，新近的报道也是如此清晰、一致和详尽，叙述口吻更是平淡而乏味，因此无法彻底置之不理。有两三位思想极度狂放的人甚至开始说，印第安古老传说有可能暗示着那些潜藏的生物并非起源于地球。他们引用查尔斯·福特的荒诞书籍，说什么其他星球和外太空的旅行者时常造访地球。不过，我这些对手中的大多数人只是浪漫主义者，看多了亚瑟·马钦精彩的恐怖小说，试图将因小说而变得家喻户晓的潜伏"小人"传奇带进现实生活。

-2-

　　这种情形下的结果可想而知，我们的激辩最终以信件形式出现在了《阿卡姆商报》上，佛蒙特曾传出洪水故事的那些地区也在报纸上转载了部分内容。《拉特兰先驱报》以半个版面摘抄了争论双方的信件，《布莱特尔博罗改革家报》全文刊登了我的一份历史与神话长篇综述，"闲笔"哲思专栏的附加评论则对我的怀疑性结论表示支持和称许。1928年春，尽管我从没去过佛蒙特，但在那儿几乎成了一位知名人物。也就是在这个时期，我收到了亨利·埃克利向我挑战的信件，这些信件给我留下了极深刻的印象，让我第一次也是最后一次踏上那片富有魅力的土地，目睹郁郁葱葱的山崖和林间呢喃的溪流。

　　我对亨利·温特沃斯·埃克利的了解主要来自信件。在他的孤独农庄里经历了种种事件后，我与他的邻居以及他在加利福尼亚的独子建立了通信联系，得知他出生于当地一个很有名望的家族，这个家族中诞生了多位法官、行政官员和乡村士绅。到了他这一代，家族的关注焦点已经从社会事务转移到了纯学术研究。他在佛蒙特大学念书时是一位优秀学生，精通数学、天文学、生物学、人类学和民俗学。我没有听说过他的名字，他在寄给我的信件中也没怎么介绍他的个人背景。然而，从一开始我就认为这个人很有教养，受过教育，智慧出众，只是有些不通人情世故。

尽管他在信中讲述的一切都令我难以置信，但我对他比对待其他挑战本人观点的人士要严肃得多。原因很简单：首先，他近距离接触过那些离奇事件，亲眼看见也亲手触摸过，从而做出如此光怪陆离的推论；其次，非常了不起的是，他愿意将结论摆在有待论证的位置上，这才是真正的科学研究者的态度。他没有因为个人偏好而妄自冒进，一直以确凿证据指出的道路为前进方向。当然了，我的出发点依然认为他犯了错误，但必须承认他连犯错时也表现出了智慧。从头到尾我都没有效仿他的某些朋友，将他的怪异想法和对偏远青山的恐惧归咎于精神失常。我看得出这个人无疑经历了许多事情，知道他讲述的内容肯定来自值得调查一番的怪异情形，虽说这些情形与他认定的离奇原因很难说有什么关系。然而，后来我收到了他寄来的某些物证，整件事的基调因此变得迥然不同，并且怪异得让我困惑不已。

说到这里，我恐怕只能直接抄录埃克利的这封长信了。埃克利在这封信中介绍了他的情况，这封信也是本人思想发展史上的重要标志。信已经不在我手上了，但我几乎能逐字逐句地背诵那些预示着灾难的文字。另外，容我重申一遍，我坚信写信者的心智完全正常。文本如下——我收到这封信时，看见那密密麻麻的古朴字迹，就知道写信者显然过着平静的学者生活，与外部世界几乎没什么来往。

乡村免费递送[8] 2号信箱，
汤申德村，温德姆县
佛蒙特州
1928年5月5日
艾尔伯特·N. 威尔玛斯，阁下
萨尔顿斯托尔街118号
阿卡姆，马萨诸塞州

---

尊敬的先生：

  我怀着极大的兴趣阅读了1928年4月23日《布莱特尔博罗改革家报》刊出的您的信件，其中提到去年秋天本州曾有人在洪水中目睹奇异的尸体漂过，以及有一些离奇的民间传说与这些报告完全吻合。很容易理解外乡人为何会选择您这样的立场，连"闲笔"专栏都支持您的看法。无论是在佛蒙特州内还是州外，受过教育的人士通常都会采取与您相同的态度，我年轻时（本人现年五十七岁）尚未深入研究此事前也不例外，但广泛阅读和钻研达文波特氏的著作后，我最终亲自前往附近常人罕至的山区，做了一些调查工作。

---

8. R.F.D，美国政府的邮政服务系统之一，负责在偏远乡村免费递送邮件。

我曾经从一些比较愚昧的年长农民那里听说了一些怪异的古老传说，因而引导我开始研究这方面的问题，但现在我只希望自己根本没有接触过整件事情。请允许本人谦虚地自夸一下，人类学和民俗学的主题对我来说并不陌生。我在大学里学习过许多相关的知识，也熟悉绝大多数公认的权威专家，例如泰勒、卢布克、弗雷泽、卡特勒法热、默里、奥斯本、基思、布勒和G.艾略特·史密斯等人。与人类同样古老的隐藏种族的传说对我来说也不是新鲜事。我读过《拉特兰先驱报》刊出的您的信件，也读过与您争辩的信件，因此我自认为很清楚你们的论战目前停留在哪个阶段。

现在我想说的是，尽管所有逻辑似乎都站在您那一边，但我不得不说您的对手比您更接近真相，甚至比他们自己意识到的还要接近，因为他们只能凭空推测，不可能了解我知道的情况。假如我知道的事情和他们一样少，我恐怕不可能像他们那样对此深信不疑，而会完完全全站在您那一边。

唉，您看得出我一直在逃避谈论正题，很可能是因为我非常害怕触及正题；我想说的重点是，我掌握了确凿的证据，能够证明那种恐怖的怪物确实居住在人迹罕至的高山森林中。我没有见过洪水里漂流的尸体，但曾在不敢回顾的情形下见过类似的东西。我见过脚印，最近甚至在我住处附近见到了脚印（我住在汤申德村以南黑山山麓上的埃克利老宅里），近得我都不敢告诉您实情。我在森林中的某些地点听见过声音，我都不愿在纸上将它们描述出来。

我在同一个地方多次听见那种声音，于是带着留声机、拾音器和空白唱盘去了那里。我可以安排您来听一听我录下的东西。我向居住在附近的一些老人播放过录音，其中一个声音吓得他们几乎无法动弹，因为它很像他们儿时听祖母提到并模仿的那种声音，也就是达文波特氏所说的森林中的嗡嗡声。我明白一个人说他"听见怪声音"会引来什么样的目光，但在您下结论之前，我恳请您先来听一听录音，问一问偏僻地区的年长居民对此有什么看法。假如您依然认为此事不足为奇，那就再好不过了。但我认为这声音背后必有蹊跷。正所谓 Ex nihilo nihil fit ——万事皆有缘由。

我写信给您并不是为了展开辩论，只是向您提供一些情况，我认为您这样有品位的人一定会觉得很有意思。这是私下里的交流。在公开场合，我站在您的一边，因为有些事情让我明白，人们对某些问题还是知道得越少越好。我本人的研究也完全在私下里进行，我不愿意吐露任何情况，以免引来其他人的关注，导致他们前往我勘察过的那些地点。有一些非人类的生物始终在监视我们，还有间谍在我们之间搜集信息——这是真的，是可怕的真相。一个可悲的人把这些告诉我，假如他神志正常（我认为他确实正常），那他就确实是那些间谍中的一员，我从他那里得到了有关此事的很大一部分线索。后来他自杀了，但我有理由相信现在还有其他间谍在活动。

那些怪物来自另外一颗星球，能够在星际空间存活，并凭借笨拙但强有力的翅膀穿行于星际，它们的翅膀能够推动以太，但难以掌控方向，因此在地球上几乎派不上用场。假如您没有立刻将我归入疯子之列，那么我以后可以向您仔细解释。它们来地球是为了获取金属，所需的矿石深埋于山岭之下，我认为我知道它们来自何方。只要不去打扰它们，它们就不会伤害我们，但要是我们起了太大的好奇心，那就很难说究竟会发生什么了。当然了，一支强大的军队能踏平它们的采矿基地，这也是它们害怕的。但真要是如此，更多的怪物会从外部空间降临，要多少就有多少。它们轻易就能征服地球，但除非万不得已，它们不会这么做，宁可顺其自然，省得招惹麻烦。

我认为它们想除掉我，因为我发现了一些事情。在老宅东边圆山的森林里有一块黑色岩石，上面刻着未知的象形文字，文字已经磨损了一大半。自从我将这块巨石搬回家，情况就起了变化。假如它们认为我觉察到的事情太多，就会杀死我或将我带回它们的故乡。每隔一段时间，它们就会掳走一些博学多识的人，以便了解人类世界的发展状况。

这就引出了我写信给您的第二个目的，也就是敦促您停止这场辩论，不要让这件事继续吸引公众的目光。人们必须远高那些山峰，所以绝不能更进一步地唤起他们的好奇心了。上帝作证，现在的危险已经足够大，煽动者（投机者？）和房产商蜂拥到佛蒙特，夏日的旅客成群结队而来，荒山野岭到处都是他们的身影，廉价的木屋遍布山坡。

　　我很愿意与您进一步沟通交流，假如您愿意，我可以尝试将我录制的唱盘和黑色石块（磨损得太厉害，拍照无法呈现细节）递送给您。我之所以要说"尝试"，是因为我认为那些怪物有办法影响我周围的事物。村庄附近的一座农庄里有个名叫布朗的人，他阴沉而鬼祟，恐怕他就是间谍。它们正试图逐步切断我与人类世界的联系，因为我对它们的世界知道得太多。

　　它们有最厉害的办法，能够查清我的所作所为。您甚至有可能收不到这封信。要是情况继续恶化，我就必须离开这片土地，去加州圣迭戈与儿子共同生活，但我的家族已经在这里繁衍了六代，抛弃我出生长大的地方谈何容易。另外，既然那些怪物已经盯上了我的住处，我也不敢将它卖给其他人。它们似乎想夺回黑色石块并毁掉唱盘，而我会尽我所能阻止它们。我养的大型守门犬还能挡住它们，因为现在它们的数量还不多，行动也不太方便。如我所说，它们的翅膀不适合在地球上短距离飞行。我就快破译出石块上的文字了，使用的手段相当可怕，您对民间故事的了解也许能帮我找到某些遗失的环节，从而帮助我的工作。我认为您一定很了解那些人类降世之前的恐怖神话，也就是《死灵之书》所暗指的犹格-索托斯和克苏鲁传说。我曾经读到过一本《死灵之书》，听说贵处大学的图书馆也锁藏了一本。

最后我想说的是，威尔玛斯先生，我认为凭借我们各自对此事的研究，应该能给彼此带来很大的帮助。我绝对不希望给您带来任何危险，因此不得不提醒您，得到那块黑色岩石和那张唱盘之后，您的处境将不再安全。但我认为您会发现，为了那些知识，一切风险都是值得的。我可以开车去努凡或布莱特尔博罗，将两件物品寄送到您指定的地址，因为那两个地方的邮局更值得信任。还要告诉您一件事，我现在过着一个人的孤独生活，因为我再也雇佣不到仆人了。他们之所以不肯留下，是因为怪物每到夜间就企图靠近我的住所，因此狗会持续不断地吠叫。还好我妻子在世时我尚未泥足深陷，否则她一定会被逼疯。

希望我没有过分地打扰您，也希望您最终会决定联系我，而不是将这封信当作疯子的胡言乱语扔进字纸篓。

您忠实的，
亨利·W.埃克利

> 又及：
> 我加印了几张本人拍摄的照片，我认为有助于证明我在心中提到的几点问题。老人们认为这些照片真实得可怖。假如您感兴趣，我可以尽快将它们寄给您。

很难形容我第一次阅读这封奇特来信时的感受。按照常理来说，如此夸夸其谈应该会引得我放声大笑，因为比它温和许多的论断都能把我逗笑；可是，这封信的语气却让我不得不以复杂矛盾的严肃态度看待它。倒不是说我有哪怕一瞬间相信过他提到的来自群星的隐藏种族，而是在经历了几轮认真的怀疑排除之后，我不仅反常地越来越相信对方神志健全且用意真诚，而且还愿意相信他正在面对某些真实存在但独特异常的现象，除了信中这种离奇的幻想之外，他无法用其他方式解释。虽然实际情况肯定与他想象中的不一样，可反过来说也无疑值得花点时间深入调查。这位先生似乎因为某些事情而异常激动和惶恐，很难想象他会无缘无故变成这个样子。他在一些特定的方面条理分明、坚守逻辑，更何况他的奇谈怪论确实意外地符合某些古老传说，包括最疯狂的印第安神话。

他在深山中听到了令人不安的声音，确实发现了信中提到的黑色石块，这些都完全有可能是真事，但他得出的那些疯狂结论就是另外一码事了。之所以得出那番结论，很可能是受到了那个自称外星间谍的自杀者的启发。不难推断出此人无疑是个彻头彻尾的疯子，不过他的话里很可能含有一丝看似合理的反常逻辑，而淳朴的埃克利多年研究民间传说，早就准备好了接受这些东西，因此相信了对方的说法。至于最近的事态发展，雇工之所以不肯留下，应该是因为埃克利那些无知的乡野邻居和他一样，也相信了诡异的怪物会在深夜包围他的住所。当然了，狗叫个不停也是一个原因。

关于唱盘录音，我只能相信确实是通过他声称的手段录制的。但肯定能够解释清楚，有可能是听起来像是人类说话的动物叫声，也可能是某些昼伏夜出的人类在交谈，这种人已经退化到了比低等动物好不到哪儿去的境地。想到这里，我的思绪回到了刻有象形文字的黑色石块上，忍不住开始猜测它可能代表着什么。我又想到了埃克利说他想寄给我的照片，引得老人深信不疑且惊恐不已的究竟是什么呢？

重读这封字迹密密麻麻的手写信件时，我忽然前所未有地觉得，那些听风就是雨的对手也许比我所认为的更接近真相。尽管民间传说中所谓的星际怪物不可能存在，但偏僻山岭中说不定居住着一些被社会排斥的畸形怪人。假如确实如此，洪水中漂来的怪异尸体也就不那么难以置信了。就此认为古老传说和新近报道有着这样的现实基础是不是过于武断了呢？我胸中泛起种种疑虑，但想到亨利·埃克利疯话连篇的怪异来信居然让我有了这么离奇的念头，还是令我羞愧万分。

最后，我用友善而感兴趣的语气给埃克利写了回信，请他提供更进一步的详细情况。他的回信几乎和返程的邮车来得一样快。他兑现了承诺，这封信里有一些用相机拍摄的实景和物体的照片，用以说明他在前一封信中讲述的事情。我将照片从信封里取出来，第一眼看去就产生了一种古怪的恐惧感，好像我正在接近某种禁忌之物。大多数照片相当模糊，却仍拥有一种诅咒般的暗示力量，而这些都是真实照片的事实又增强了这一力量：照片为观察者与被观察物体建立了最直接的视觉联系，是不容偏见、差错或虚假存在的客观传输过程的产物。

看得越久，我就越是确定埃克利和他的故事自有其严肃之处的判断并非毫无道理。毋庸置疑，这些照片就是决定性的证据，佛蒙特的群山中有一些事物远远超出了我们通常的知识范畴和逻辑信念。其中最可怕的就是脚印，照片拍摄的脚印位于阳光照耀下的荒僻高地的某条泥泞小径上。这可不是什么廉价的赝品，我一眼就敢确定：视野中鹅卵石和草叶的清晰线条给出了明确的物体比例，二次曝光这种花招在其中没有容身之处。我说那些痕迹是"脚印"，实际上更合适的称呼是"爪印"。即便到现在，我还是难以准确地描述它，只能说它是某种丑恶的蟹类生物留下的印痕，而且很难推测出它的行进方向。痕迹不深，也不是刚刚留下的，尺寸和普通人的脚印差不多。从中央落地点开始，几对锯齿小螯朝两个方向延伸，假如这些小螯只是运动器官,那么其具体功用委实令人困惑。

另一张照片似乎是在暗处用长时间曝光拍摄的,画面中是森林里的一个岩洞,形状规则的圆形巨石堵住了洞口。岩洞前的地面光秃秃的,能够勉强分辨出密集如网的古怪痕迹。我用放大镜仔细查看照片,不安地发现它们很像前一张照片中的印痕。第三张照片是荒山顶端用竖立岩石摆出的德鲁伊式圆环。神秘圆环四周的野草几乎完全被踏平甚至磨光了,但就算用上放大镜,我也没有找到任何脚印。那个地方极度偏僻,渺无人烟的绵延山脉构成了画面背景,一直伸展向雾气弥漫的地平线。

假如说这些照片中最令人不安的是脚印,那么最让人感到不可思议的则是在圆山森林中发现的那块圆形黑色岩石了。看起来,埃克利拍摄照片时将它放在了书房写字台上,因为我能在背景中看见几排书籍和一尊弥尔顿的胸像。这东西,就我所能看出来的,以不规则的弯曲表面垂直面对镜头,宽高约为一英尺乘两英尺。若想要具体描述它的表面或整体形状,那真就超出了语言能够表达的范围了。我甚至无从猜测它的切割遵循了何种怪异的几何原理,但它经过了人工切割这一点是毋庸置疑的。我从未见过任何东西比它更加怪异,它毫无疑问地不属于这个世界。至于岩石表面上的象形文字,我能看清楚的只有少数几个,但只需要一两个就足以让我惊骇不已了。当然了,它们有可能是伪造的,因为除我之外肯定还有别人也读过阿拉伯疯人阿卜杜拉·阿尔哈萨德那可怖可憎的《死灵之书》。

即便如此，我依然感到毛骨悚然，因为我认出了某些特定的象形文字，而我的学识让我联想到了一些亵渎神灵、让人血液凝固的传闻，那些传闻称，在地球和太阳系的其他内侧星球尚未成形前，曾经有过一族疯狂的半存在物。

剩下的五张照片中，三张拍摄的是沼泽和山岭，画面中似乎有某些诡秘的病态生物留下的痕迹。另一张是地面上的古怪痕迹，非常靠近埃克利的住所，他说某天夜里狗叫得特别凶，第二天早晨就拍到了这张照片。痕迹非常模糊，你无法从中得出任何确定性的结论。但它确实透出丝丝邪气，就像在荒山上拍到的其他痕迹和爪印。最后一张照片是埃克利的住所，这幢整洁的白色房屋有两层楼和一个阁楼，约有一百二十五年历史，草坪修剪得很漂亮，石块镶边的小径通往乔治王朝风格的优雅雕花大门。草坪上有一位表情愉快的男人，他的灰色胡须剪得很短，身旁蹲着几条大型守门犬，我猜他就是埃克利本人，照片也是他自己拍的，从他左手里连接真空管的闪光灯就能看出来。

看完照片，我开始阅读写得密密麻麻的长信。接下来的三个小时，我沉浸在难以用语言描述的恐怖深渊中。埃克利在前一封信中只说了个大概，而在这封信里给出了详尽的细节，其中誊抄了他在夜晚森林中听到的长篇对话，细述了他如何于黄昏时分在山间灌木丛中窥见丑陋的粉色怪物，还有一则恐怖的宇宙叙事，他与自封间谍而后自杀的疯子有过大量交流，并运用自己渊博丰富的学识对其分析后总结出了这个结论。我发觉自己面对的是曾在别处听说过的名字和术语，那些出处总和最可怕的事物联系在一起：犹格斯、伟大者克苏鲁、撒托古亚、犹格－索托斯、拉莱耶、奈亚拉托提普、阿撒托斯、哈斯塔、伊安、冷原、哈利之湖、贝斯穆拉、黄色印记、利莫里亚－卡斯洛斯、勃朗和 Magnum Innominandum（拉丁文：不可言说的至高存在）。我像是被强行拖过无法计算的万古岁月和难以想象的维度空间，来到属于古老实体的世界，《死灵之书》的疯狂作者也只能以最含糊的方式去揣测它们的存在。我在文字中看到了原始生命的深渊和从那里滴淌而出的溪流，其中一条溪流分化出的蜿蜒细支最终和我们这个地球的命运交织纠缠在一起。

我的大脑眩晕混乱。以前我试图用理性解释一切事情，如今却开始相信最反常和最难以置信的奇想。一系列的关键证据摆在眼前，多到可恨，让我难以辩驳。埃克利冷静的科学态度将源自精神错乱、狂热盲信、歇斯底里甚至妄自猜测的想象彻底排除在外，对我的思想和判断产生了巨大的影响。在放下那封可怕的信件时，我已经能够理解他内心的恐惧从何而来了，也准备尽我所能阻止人们靠近那些有怪物出没的荒山野岭。哪怕到了现在，时间已经模糊了印象，我开始怀疑自己的经历和恐怖的疑虑，埃克利那封信件中依然有一些内容是我不敢引用甚至诉诸文字的。我很高兴那封信、那张唱盘和那些照片现在都消失了：出于接下来会仔细阐述的原因，我希望人类永远不会发现海王星外的那颗行星。

读完那封信后，我永久性地结束了对佛蒙特恐怖事件的公开辩论。对手提出的质疑，我或者置之不理，或者答应以后再说，这场风波于是渐渐淡出了人们的记忆。从五月下旬到六月，我不间断地与埃克利保持通信，偶尔会有一两封信件遗失，而我们就不得不努力回忆进度，耗费极大的精力重写一遍。大体而言，我们想完成的事情是对照我们各自在晦涩的神话学方面的研究成果，在佛蒙特恐怖事件与作为整体存在的原始世界传说之间建立更明确的联系。

首先，我们几乎完全确定了，这些病态怪物和可怖的喜马拉雅米戈是同一种梦魇化身。我们还饶有兴致地做了一些动物学的推测，要不是埃克利曾强调过绝对不能向其他人透露此事，我肯定会向我所在大学的戴克斯特教授请教一二。此刻我之所以会违反他的禁令，只是因为我认为在目前这个阶段，比起保持沉默更有利于公共安全的，是提醒大家远离佛蒙特的荒僻山岭，也请越来越有决心要征服喜马拉雅山脉的勇敢探险家多加注意。我们齐心协力想解决的另一道难题是破译那块邪恶黑石上的象形文字，这将帮助我们掌握一些尚无人知晓的更隐秘、更令人惊异的秘密。

— 3 —

临近月末,唱盘终于寄到。埃克利不敢信任从他那里向北的邮寄线路,于是选择从布莱特尔博罗寄给我。他早已感觉受到了刺探,随着部分信件的丢失,这种感觉更是越来越强烈。他多次提到某些人的诡秘举动,认为这些人是隐秘生物的爪牙和间谍。他的首要怀疑对象就是那个阴沉的农民沃尔特·布朗,此人独自住在靠近密林的破败山间小屋中,经常有人看见他在布莱特尔博罗、咆哮瀑布镇、努凡和南伦敦德里的街头巷尾游荡,行为不但莫名其妙,而且似乎漫无目的。埃克利几乎可以确定,他在某个场合偷听到的一场可怕交谈中,里面有一个声音就属于布朗。他还曾经在布朗住处附近发现过一个脚印或爪印,这其中寓意最凶险的一点在于,那个印痕就出现在布朗本人的脚印不远处,而布朗的脚印是向着它去的。

因此,埃克利开着轿车穿过佛蒙特乡间的荒僻道路,来到布莱特尔博罗将唱盘寄给我。在随唱盘寄来的字条上,他承认自己已经开始畏惧那些道路,除非是阳光灿烂的大白天,否则他甚至不敢去汤申德采购生活用品。他一次又一次地向我重复,只要还住在那些寂静而可疑的山岭的近旁,那么知道得太多绝对没有好处。他很快就要迁居加利福尼亚,与儿子一同生活,但要放弃一个寄托了所有记忆和祖辈感情的地方又谈何容易。

我向大学行政科借来了一台商用唱机，将唱盘放上去之前，我又仔细阅读了一遍埃克利在多封信件中对此事的说明。按照他的说法，这张唱盘录制于1915年5月1日半夜1点左右，地点是一个岩洞被封死的洞口附近，岩洞位于黑山西麓从李氏沼泽升起的山坡上。那地方时常传出奇异的声音，因此埃克利才会带着电唱机、拾音器和空白唱盘满怀期待地前往。先前的经历告诉他，五朔节前夕，也就是欧洲隐秘传说中可怖的魔筵之夜，比其他日子更可能有所收获，事实上也没有令他失望。值得注意的是，从此之后他再也没有在那里听到过任何类似的声音。

与他在森林中听到的其他交谈声不同，记录在唱盘上的声音类似于某种仪式，其中有一个声音很可能属于人类，但埃克利也不敢断定。那个声音的主人不是布朗，更像是个教养良好的男人。第二个声音才是整段录音的关键，那可怕的嗡嗡声，与人类的说话声毫无相似之处，但说出的字词却完全符合英语语法，甚至带着一丝学者口吻。

用于录音的留声机和拾音器并没有始终保持良好运转，偷偷录下的仪式离他较远，声音又被岩洞挡住了大半，而他所处的位置也不利于录音。最终他只录到一些支离破碎的片段。埃克利给了我一份他根据录音整理的誊抄文本，在装配机器并开始播放前，我又大致浏览了一遍。那些文字中并没有赤裸裸的恐怖，而是蕴含着阴森和诡秘，但在知道其来源和获取手段的情况下，它们就拥有了与之相关的全部恐怖,超过了任何文字的承载能力。我将按记忆复述如下,我相信我的记忆准确无误,不仅因为我读过誊抄的文字,还因为我无数遍地播放过这段录音。那可不是一个人能轻易忘记的东西!

---

(难以辨别的声音)

(一个有教养的男性人类声音)

■■■是森林之主,甚至对■■也是冷原人的礼物■■因此从黑夜源井到空间深渊,从空间深渊到黑夜源井,永远飘荡着对伟大者克苏鲁的颂扬,对撒托古亚的颂扬,对不可言说的至高存在的颂扬。对他们的颂扬必将永在,森林之黑山羊将繁衍昌盛。咿呀!莎布■尼古拉斯!孕育万千子孙的山羊■■■

(模仿人类说话的嗡嗡声)

咿呀!莎布-尼古拉斯!孕育万千子孙的森林之黑山羊!

(人类声音)

看哪,森林之主来了,正在■■七和九,走下石华的台阶■■(祭)品献给深渊中的他,阿撒托斯,汝教授我们万种奇(迹)■■以黑夜之翼穿越空间,穿越那■■给犹格斯,最年轻的孩子,在边缘的黑色以太中孤独旋转■■■

(嗡嗡声)

■■去人类之中,找到道路,深渊中的他也许会知道。

一切都必须告诉奈亚拉托提普█伟大的信使。他将换上人类的伪装,蜡质的面具和掩盖的长袍,从七日之界降临,去嘲笑█

(人类声音)

█(奈亚)拉托提普,伟大的信使,穿越虚空为犹格斯带去奇异欢愉的奈亚拉托提普,百万蒙宠者之父,阔步行于█

(录音结束,声音戛然而止)

---

这就是我开始播放后听到的字词。我带着一丝油然而生的恐惧和不情愿放下唱臂,听着蓝宝石唱针头刮过唱盘外圈的声音,很高兴首先响起的模糊而断续的字词来自人类之口,那个声音浑厚而有教养,似乎有点波士顿口音,肯定不是佛蒙特的山岭村夫。我听着那个微弱但挑动心弦的声音向下念诵,埃克利仔细誊录的文字便自动浮现在眼前。那个声音用浑厚的波士顿口音吟诵:"咿呀!莎布-尼古拉斯!孕育万千子孙的山羊!……"

就在这时,我听见了另一个声音。虽说埃克利的叙述已经让我做好了准备,但直到此刻,回想当时的震撼,我依然会颤抖不已。后来,我也向其他人描述过这段录音,他们却认为那只是拙劣的伪造之物或疯子的胡言乱语。如果他们亲耳听过那张受诅咒的唱盘,或者读过埃克利的长篇叙述,尤其是充满恐怖细节的第二封信件,或许他们的想法会完全不一样。说到底,都怪我没有违背埃克利的意愿,播放录音给其他人听,而他写给我的所有信件又全部遗失,同样是巨大的遗憾。我拥有对那些真实声音的第一手印象,也了解事件背景和相关情况,因此对我来说,这个声音就异乎寻常地可怕了。它紧跟着人类声音响起,仪式性地应和前一个声音,而在我的想象中,这个让人毛骨悚然的回应来自无法想象的外层地狱,穿过了无法想象的黑暗深渊,自己拍打着翅膀飞进我的耳朵。在两年多的时间里,我未曾播放过那张亵渎神圣的唱盘,但过去的每时每刻,乃至此时此刻,我都能听见那微弱的、梦魇般的嗡嗡声,清晰得就像第一次听到它那样。

*咿呀!莎布-尼古拉斯!孕育万千子孙的森林之黑山羊!*

尽管这个声音始终回荡在我的耳畔,可我至今无法准确地解析它,也无法将它形象地描述出来。它就像某种恶心的巨型昆虫在用嗡嗡声笨拙地模仿异族语言,我非常确定发出声音的部位与人类或任何哺乳动物的发声器官毫无相似之处。这声音无论是音色和音程,还是使其彻底脱离人类和地球生命范畴的泛音,都有着独一无二的特点。它的出现是那么突兀,第一次听到几乎吓昏了我,在茫然的眩晕中我听完了剩下的部分。嗡嗡声念诵出更长的第二段话,比起听比较短的第一段话产生的无限邪恶感,更是加强了许多倍。录音在波士顿口音男子清晰异常的吟诵中戛然而止,机器自动停止播放,我却傻坐在那里,久久地盯着机器。

毋庸赘言，后来我反复播放这张让人震惊的唱盘，参照埃克利的笔记，想尽办法研究和分析其中的蕴意。在此重复我们得出的全部结论既毫无用处又令人不安，简单说来，就是我和埃克利都同意，我们找到了一条线索，这条线索通往神秘而古老的人类宗教中某些极为可憎的原始习俗。在我们眼里，同样显而易见的是隐藏的外来生物与人类中的某些成员保持着古老而错综复杂的同盟关系。这种同盟关系有多么广泛或深入，现状与过去相比有什么变化，我们实在无从猜测，但这条线索至少创造出了一个供我们提出无数恐怖猜测的空间。人类与无名虚无之间似乎存在某种可怖而古老的联系，并划分为数个明确的阶段。它意味着，在地球上出现的邪恶魔物来自位于太阳系边缘的黑暗星球犹格斯，但犹格斯本身只是某个可怕的星际种族的前哨站，这个种族的真正起源还在更遥远的地方，甚至远在爱因斯坦时空连续体或最宽泛的已知宇宙之外。

另一方面，我们继续讨论那块黑色岩石以及将它安全地运到阿卡姆来的办法。埃克利不建议我去探访他噩梦般的研究现场。出于某些原因，他不敢将石块托付给能够想到的一般运输路线。最后，他决定带着石块穿过整个县去咆哮瀑布镇，利用波士顿经基恩、温彻顿和菲奇堡等地至缅因的铁路寄给我，虽说这么一来，他就不能沿着干线公路去布莱特尔博罗，而是不得不走一些更偏僻的穿林道路了。他说在寄出唱盘那天，他注意到一个人在布莱特尔博罗的邮局附近徘徊，举止和表情都非常令人不安。这个人似乎很想和工作人员交谈，后来还跳上了运输唱盘的那列火车。埃克利说，在得知我顺利收到唱盘前，他始终有些提心吊胆。

就在那时，也就是七月的第二周，我写给他的又一封信寄丢了。埃克利寄来一封焦急的询问信，我才知道这件事。经过这场风波，他请我不要再使用汤申德的地址了，而是将所有信件都寄到布莱特尔博罗的邮政总局。他经常去那里看看，或者自己开车，或者搭乘公共汽车——公共汽车近来取代了火车支线上缓慢的客运服务。我能觉察到他正变得越来越焦虑，因为他详细地描述了守门犬在无月之夜越来越频繁的吠叫，还有清晨他多次在道路和后院泥地上发现的新鲜爪印。有一次他说见到了密密麻麻的印痕，对面是同样密集和坚决的守门犬爪印，并随信寄来令人不安的照片证明此事。拍下这张照片的前一晚，守门犬的吠叫和咆哮前所未有地激烈。

7月18日星期三上午，我收到了来自咆哮瀑布镇的电报，埃克利称他通过波缅铁路的5508次列车寄出了黑色岩石，列车于标准时间中午12点15分离开咆哮瀑布镇，按计划将于下午4点12分抵达波士顿北站。根据我的计算，岩石最迟将在明天下午送到阿卡姆，因此星期四我为此等了一个上午。可是，中午来了又去，石块却没有出现，于是我打电话给邮局，得知没有收到给我的包裹。我顿时慌张起来，立刻打电话给波士顿北站的货运代理，惊恐地得知寄给我的东西根本没有到站。前一天的5508次列车只晚点了三十五分钟，车上没有任何包裹的收件人是我。货运代理向我保证，他会请公司展开调查。那天我做的最后一件事就是连夜寄信给埃克利，向他陈述我遇到的情况。

第二天下午，波士顿货运办公室以值得夸奖的速度完成了调查，代理人得知情况后立刻打电话给我。5508次列车上的货运职员回忆起了很可能与丢失邮件有关的一件事情：标准时间下午1点刚过，列车在新罕布什尔州基恩停车等待，他和一名男子有过一场争执，这名男子的声音非常怪异，身材瘦削，沙黄色头发，看上去像个乡下人。

他说，这名男子看见一个很重的盒子后，变得非常激动，声称那是他等待的包裹，但列车上和公司登记册中都没有相关记录。他自称名叫斯坦利·亚当斯，说话的声音含混不清，带着怪异的嗡嗡声，使得那位职员感觉到异乎寻常的眩晕和昏昏欲睡。职员不记得他们的对话是如何结束的，只记得列车开动时，他忽然一下子惊醒过来。波士顿办公室的代理人还说，这名职员虽然年轻，但在诚实和可靠方面都毫无疑问，履历清白，已经在公司工作了很长时间。

我向代理人问到那位职员的姓名和住址，当晚就赶往波士顿与他面谈。这是一位坦诚而讨人喜欢的年轻人，但我发现他无法为先前的叙述增添更多细节了。奇怪的是，他不敢确定自己还能不能认出那个来打听包裹的怪人。我意识到他没什么可说的了，于是返回阿卡姆，连夜写信给埃克利、货运公司、警察局和吉恩车站的货运代理人。那个声音怪异的男人对货运职员施加了诡异的影响，我感觉他在这场不祥事件中肯定扮演着关键角色，希望吉恩车站的雇员和电报局的记录能提供他的一些情况，还有他是何时何地用何种方式向货运职员打听包裹的。

可是，我不得不承认，我的所有调查都一无所获。7月18日中午过后，确实有人在车站附近见到过声音怪异的男人，有一名散步者模糊记得此人与一个沉重的盒子有什么联系，但没有人认识他，在此之前和之后都没有人见过他。就目前所知的情况来看，他没有去过电报局，没有收到过任何信件，货运公司也没有向任何人透露过那块黑色岩石就在5508次列车上。埃克利当然也在到处打听，甚至去了一趟吉恩，询问车站附近的人。但他对此事的态度比我更加听天由命，似乎认为盒子的丢失符合某种不可避免的趋势，是不祥而凶险的环节之一，对找到它并不抱什么真正的希望。他说深山怪物和它们的间谍无疑拥有心灵感应和催眠的能力，并在一封信中含蓄地说他不认为石块还在地球上。而我当然被激怒了，因为我本来以为自己至少有希望能从那些古老模糊的象形文字中解读出一些令人震惊的隐秘事情。要不是埃克利随后的信件将"山岭异事"的恐怖提高到了一个新的阶段，立刻吸引了我全部的注意力，我肯定会长时间地遗憾下去。

~4~

埃克利用颤抖得令人怜悯的笔迹写道，未知怪物似乎彻底下定决心，开始逐渐逼近他。每逢月光黯淡或没有月亮的夜晚，守门犬的吠叫就会变得声嘶力竭。白天他被迫经过一些偏僻小路时，怪物也会企图滋扰他。8月2日，他开车去村里，在穿过密林的一段公路上被一截树干挡住了去路，陪在身旁的两条大狗疯狂吠叫，因此他很清楚怪物就潜伏在附近。要是身旁没有这两条守门犬，他都不敢想象自己会遇到什么，还好现在出门时总会带上至少两条忠心耿耿的强壮大狗。8月5日和6日在路上也发生了事故，一次是子弹擦过他的车，另一次是狗在车上狂吠，说明森林里的邪恶怪物离他不远。

8月15日，我收到一封语气狂乱的信，使我陷入极度惶恐与不安。真希望埃克利能放下他孤僻寡言的习惯，向执法部门寻求帮助。12日至13日夜间发生了可怕的事情，他的农舍外子弹呼啸，第二天早晨，他发现十二条大狗中有三条中弹身亡。路面上能看见为数众多的爪印，其中还混杂着沃尔特·布朗的人类脚印。埃克利打电话到布莱特尔博罗，想再订购一批守门犬，但他还没来得及开口，电话就断了。于是他开车去了布莱特尔博罗，得知维修工在努凡以北的荒山中发现电话主线缆被整整齐齐地切断了。他弄到四条健壮的大狗，还为他的大口径猎枪买了几盒子弹，然后准备回家。这封信是他在布莱特尔博罗邮局写的，没有任何延误就送到了我手上。

到了这个时候，我对此事的态度迅速从科学客观转为对人身安危的关注。我既担心居住在荒僻农舍里的埃克利，也担心我自己，因为我已经和深山里的怪事建立起了无可辩驳的联系。魔物正在伸出的魔爪，会将我卷进去并彻底吞噬吗？我在回信中敦促他向官方寻求帮助，并表态说假如他不采取行动，那么我就只好自己上了——无论他有多么不愿意，我都打算亲自前往佛蒙特，帮助他向合适的政府部门解释这整件事。可是，我得到的回应却是从咆哮瀑布镇发来的一份电报，抄录如下：

> 感谢支持，但我无能为力。请勿采取行动，否则只会伤害你我。待后解释。
>
> 亨利·艾克利

情况仍在持续恶化。我回复电报之后，收到了埃克利寄来的一张潦草字条，其中的消息令我震惊。他说不但从未向我发出电报，也没有收到我先前的那封回信。他匆忙赶去咆哮瀑布镇，得知发电报的是一个沙黄色头发的怪人，说话时含混不清，带着嗡嗡声，除此之外就什么都不清楚了。电报局的职员出示了发件人用铅笔写的电报原文，埃克利从未见过这潦草的笔迹。值得注意的是发件人签错了名字：艾克利，而不是埃克利。这不免让人联想起了一些事情，迫在眉睫的危机也没能拦住他向我描述详细的情况。

他说守门犬又死了几条，只好继续购入，还说枪声已经成了无月夜晚的必备戏码。布朗和其他至少两个穿鞋人类的脚印越来越频繁地出现在路面和后院的爪印之间。埃克利承认事态已经彻底恶化，无论能不能卖掉祖宅，他恐怕都只能去加利福尼亚与儿子生活了。但要一个人抛弃他心目中真正的家园实在不容易，他必须再坚持一段时间，也许能吓走那些入侵者——尤其是他已经公开放弃刺探它们秘密的一切企图了。

我立刻回信，重申愿意提供帮助，再次提到想去探望他，协助他说服相关部门，证明他面临着紧迫的危险。在回信中，埃克利似乎改变了他过去的态度，没有坚决反对我的建议，只说他希望能再拖延几天，整理行李，说服自己放弃他珍视得几近病态的出生地。人们一贯用怀疑的眼光看待他的研究和推测，怀疑他的神志是否健全，所以他最好还是安安静静地离开，免得引起村民骚动。他承认已经受够了，但就算是败退，也想尽量保持体面。

8月28日，我收到这封信后，写了一封尽可能振奋人心的信寄给他。我的鼓励看起来收到了效果，埃克利回信表示感谢时，提到的可怖事件少了许多。当然，他的态度算不上乐观，说他觉得这仅仅是因为最近正值满月。他希望未来能少一些乌云满天的夜晚，并含糊地提到，月亏之时他就去布莱特尔博罗住客栈。我再次写信鼓励，但9月5日我收到的来信明显不是回信。看着这封信，

我再也无法怀着希望给他回复了。鉴于这封字迹潦草的信件的重要性,我最好还是凭记忆尽量全文引用,大致如下:

星期一

亲爱的威尔玛斯——

对我的上一封信来说,这是多么令人沮丧的附注啊。昨夜阴云密布,虽然没有下雨,但也没有一丝月光穿透乌云。情况非常不妙,尽管我们曾经怀有希望,但我认为最终的结局正在迫近。午夜过后不久,有某种物体落在我的屋顶上,守门犬全都围过来查看。我听见它们在怒吼和撕扯东西,有一只甚至从矮厢房跳上了屋顶,在上面展开了可怕的搏斗,我听见了永远也不会忘记的恐怖的嗡嗡怪声,还闻到了令人作呕的气味。就在这时,子弹打进窗户,险些击中我。我认为就在守门犬忙于应付屋顶上的东西时,深山怪物的主力军逼近了我的住所。至今我也不知道究竟是什么东西落在了屋顶上,但我担心的是怪物已经学会了利用星际翅膀在地球上飞翔。我关掉灯,从窗口向外射击,用猎枪向稍高于守门犬的高度扫射了一圈。这似乎打退了它们的进攻,第二天早晨,我发现院子里有几大摊血迹,血迹旁边是几摊黏糊糊的绿色物质，这种物质散发出我这辈子闻过最难闻的气味。我爬上屋顶，在那里也发现了这种黏稠物质。当晚死了五条狗，非常遗憾的是其中一条可能是我瞄得太低而误杀的，因为它背部中弹。此刻我正在修理被子弹打碎的窗玻璃，然后要去布莱特尔博罗再买几条狗。养狗场的人多半会以为我疯了。回头再给你写信。我在一两周内就会做好搬家的准备。想到离开就好像要杀了我一样。

埃克利急笔

这不是埃克利匆忙写给我的唯一一封信。第二天，也就是9月6日上午，我又收到了一封信。这次他的笔迹狂乱而潦草，让我彻底陷入不安，不知道该怎么回信，也不知道该做些什么。我依然只能尽量凭记忆默写原文。

星期二

乌云没有消散，还是不见月亮，再说本来也是月亏期了。要不是知道它们会以最快的速度切断电缆，我一定会给屋子通上电，点亮探照灯。

　　我想我大概要发疯了。写给你的所有内容也许只是一场梦或疯狂臆想。先前的情况已经够糟糕了，而这次终于超过了我的承受范围。昨天夜里，它们对我说话了——用那种受诅咒的嗡嗡声，对我说了一些我不敢向你重复的事情。我在犬吠中清清楚楚地听见了它们的声音，有一次在嗡嗡声被犬吠声淹没的时候，我还听见了一个人类的声音替它们说话。请远离这件事，威尔玛斯，它比你我能够想象的还要可怕。它们不打算放我去加利福尼亚，而是想活捉我，更准确地说，是以理论上或精神上等同于活着的状态抓住我。不是带我去犹格斯，而是比犹格斯更遥远的地方，银河系之外甚至越过空间的弯曲边缘。我说我不会去那种地方，更不愿意以它们提议的那种恐怖方式去，但非常抱歉，我的反对毫无用处。我的住处过于偏僻，用不了多久，它们在白天也可以如同夜间一般随意来往了。又死了六条狗，今天开车来布莱特尔博罗的一路上，我都能感觉到它们潜伏在路边的森林里。

　　我尝试将唱盘和黑色岩石寄给你就是个错误。请在为时已晚之前砸碎唱盘。明天如果我还在，我会再写一封信给你。希望我能整理好书籍和行李，到布莱特尔博罗住进客栈。要是可以的话，我愿意抛下一切逃跑，但我思想中有某些念头不许我

> 这么做。我可以逃到布莱特尔博罗,在这里应该是安全的,但和在家中一样,都像是被监禁的囚徒。我开始明白,就算抛弃一切尝试逃跑也走不了多远。多么恐怖啊,请千万不要卷进来。
>
> 您的 埃克利

收到这封可怕的信,我彻夜无法入睡,对埃克利还余下几分健全的神志深表怀疑。这封信的内容完全疯狂,但考虑到过去发生的种种事情,他这种表述方式竟有一种可怕的说服力。我没有立即回信,认为最好还是给埃克利一点时间,让他先回复我的上一封信。第二天,我真的等来了他的回信,其中提到的新情况使得我的去信变得毫无意义。下面是我能够回忆起的内容,这封信同样字迹潦草,沾着许多墨点,明显是在极为狂躁和仓促的情况下写出来的。

> 星期三
>
> 威——
>
> 来信收讫,但再讨论任何事情都没有意义了。我已经彻底

认输，不知道还剩下多少意志力去抵挡它们。就算愿意放下一切逃跑，它们也会找到我。

　　昨天收到了它们的一封信，乡村邮递员在布莱特尔博罗交到我手上。这封信是用打字机打的，印着咆哮瀑布镇的邮戳。信中描述了它们打算如何处置我——我无法在此复述。你自己也当心！毁掉那张唱盘！这几天夜里都是阴云密布，月亮还在继续亏蚀。真希望我有足够的勇气去寻求帮助，可是敢来帮助我的人肯定会说我是疯子，除非我能拿出信得过的证据。我不可能毫无理由地邀请别人来我家，我已经好几年不和周围的人来往了。

　　但是，威尔玛斯，我还没有告诉你最可怕的事情呢，请在读下去之前做好准备，因为你肯定会感到震惊。我保证这些都是真实发生过的：我亲眼见到并触碰过了它们中的一员，更准确地说，是它们中一员的一部分。上帝啊，朋友，太恐怖了！当然，它已经死了，我的一条狗逮住了它，今天早晨我在狗舍附近发现了它的尸体。我将它存放在柴房里，这样就有证据来说服别人了，但几小时后尸体蒸发殆尽了，什么也没有留下。您还记得吧？人们只在洪水过后的第一天早晨见过河里漂着奇怪的尸体。最可怕的是，我本想拍照寄给您，当我冲洗底片时，却发现照片里只有柴房。那东西是由什么构成的？我亲眼见过也摸过它，而且它们还留下了脚印，它无疑是由物质构成的，但究竟是什么物质呢？我难以描述它的形状，像巨大的螃蟹，在应该长着头部的地方，却是粗壮厚实之物构成的许多锥形肉环或肉瘤，上面还覆盖着不计其数的触须。绿色黏稠物质是它的血浆或体液。每过一分钟都有更多的这种怪物来到地球。

沃尔特·布朗失踪了。在附近几个村镇里他经常出没的路口拐角，我没再见到他。一定是我开枪时打中了他，那些怪物似乎总会尽量带走死伤者。

今天下午我去了镇上，没有遇到任何麻烦。我猜它们之所以按兵不动，是因为确定我已经无路可逃。我正在布莱特尔博罗写这封信。也许就是永别了——假如确实如此，请写信给我的儿子乔治·古德伊纳夫·埃克利，地址是加州圣达戈喜悦街176号。千万不要来这里。假如一周后还是没有我的消息，也没有在报纸上看见关于我的新闻，那就写信给我儿子。

我只剩最后两张牌可打，希望我还拥有足够的意志力。首先是尝试用毒气对付它们（我弄到了所需的化学品，为我和狗准备好了防毒面具）；要是不成功，那我就去找治安官。假如他们认为我不正常，可以将我关进精神病人院——总比那些怪物打算对我做的事情强。也许我能让治安官注意到屋子周围的脚印，印痕虽说很浅，但我每天早晨都能发现。不过，治安官也许会说是我伪造的，因为他们全都认为我是个怪人。

我必须想办法请一位州警来过夜，让他自己看个清楚，但也有可能怪物知道屋子里有别外人，于是就不出现了。夜里只要我想打电话，它们就会切断线路。对此，维修工认为很奇怪，只要他们不认为是我自己干的，也许就会为我做证。我已经有一个多星期没有请他们来重新接线了。

我可以请几个无知村民帮我证明那些恐怖怪物确实存在，但别人只会嘲笑他们说的话，再说他们从很久以前就开始远离我的住所，因此并不清楚最近的进展。那些愚昧的农民，无论是为了人类的情谊还是金钱，都不肯接近我家一英里之内。邮递员听见他们的交谈，还拿我开玩笑来着——天哪！真希望能告诉他，这一切有多么真实！我想过让邮递员看看脚印，但他每次来都是下午，脚印到那个时候总是已经消失了。假如我用盒子或平底锅罩住一个脚印，他肯定会认为是伪造的或者我在开玩笑。

真希望我没有过上这种隐士生活，亲友们可以继续登门拜访。除了那些无知村民，我不敢向任何人播放那段录音，展示黑色石块或照片。其他人会说所有东西都是我伪造的，对此我一笑了之。但我还是打算公开那些照片。尽管怪物本身无法留下影像，但爪印拍得非常清晰。怪物的尸体在消失得无影无踪前没有被其他人见到，真是可惜！

> 我不知道自己是否还在乎这些。经历了这么多事情,疯人院都算是个好去处。医生可以帮助我下定决心离开这幢屋子,那已经足以拯救我。
>
> 假如近期再也没有我的消息,请写信给我的儿子乔治。再会了,砸碎唱盘,不要卷入此事。
>
> 您的 埃克利

实话实说,这封信将我投入了最黑暗的恐惧。我不知道该怎么回信,只能前言不搭后语地写了些建议和鼓励,用挂号信寄给埃克利。我记得在信里敦促埃克利立刻前往布莱特尔博罗,将自己置于执法部门的保护之下。我还说会带着唱盘去那个小镇,向法庭证明他神智健全。现在该提醒人们留意混在他们之中的怪物了。不难看出,在这个紧要关头,我对埃克利的全部言行已经深信不疑。不过未能拍到怪物尸体的照片确实是他的失误,是他过于激动而一时疏忽,而不是怪物真的那么违背自然规律。

~5~

9月8日星期六下午，我又收到了一封信，显然不是在回复先前那封前言不搭后语的去信。这封信与以前那些信件毫无相似之处，语气平静而镇定，字迹整齐，是用一台新打字机打出来的。这封奇怪的信件旨在安慰和邀请我，无疑标志着偏僻山岭中噩梦般的事件发生了巨大的转折。我再次根据记忆引用原文，出于某些特定的原因，我希望能尽量保留原文的韵味。这封信印着咆哮瀑布镇的邮戳，签名和正文一样，也是用打字机打出来的。对于刚使用打字机的新手来说，这倒是不足为奇，但信件本身却准确得令人惊叹，不可能出自初学者之手。我得出的结论是埃克利以前肯定使用过打字机，比方说在大学里。这封信自然让我松了一口气，但在轻松之下依然有不安的暗流在涌动。假如埃克利在惊恐中依然神智健全，那么他在镇定下来之后是否仍旧正常呢？至于信中提到的"改善亲睦关系"……那是什么意思？比起埃克利先前的态度，这封信简直是个一百八十度的大转弯！以下便是这封信大致的原文，根据我颇为自豪的记忆力默写而下。

自汤申德,佛蒙特

1928年9月6日,星期二

---

我亲爱的威尔玛斯:

我怀着极大的欣喜写信给您,希望您能对我之前告诉您的那些傻事放下心来。对,我确实用了"傻事"二字,但指的不是我所描述的那些怪异现象,而是本人惊恐的态度。那些现象是真的,而且意义重大;我的错误在于以不正确的反常态度看待它们。

我记得提到过那些奇异的访客开始和我交流,尝试与我沟通。昨天夜里,这种交流终于成为了现实。为了回应某些特定的信号,我请一位外来者的信使走进家门——允许我补充一句,这位信使是和你我一样的人类。他讲述了许多你我不敢想象的事情,向我证明我们完全误判和曲解了外来者在地球建立秘密基地的目的。

有关它们给人类带来过什么伤害、它们希望与地球建立什么关系的邪恶奇谈,似乎完全是对象征性言语的无知误解的产物,而塑造言语的是我们连做梦都无法想象其差异的文化背景和思维习惯。我本人的猜想,我的妄自揣测,与任何不识字的农夫或野蛮的印第安人的猜测一样,都远远偏离了原意。我原先认为是病态、可鄙和堕落的事物,实际上令人敬畏、大开眼界甚至辉煌壮美。我以前的猜想不过是人类永恒不变的思维定式的一个阶段：我们总会憎恨、恐惧和逃避与我们迥然不同的事物。

现在我真是懊悔不已，因为我在夜间交火中误伤了这些不可思议的外来生物。假如我从一开始就用理性与它们和平交谈就好了！但它们并不怨恨我，它们的情感构成与我们完全不同。它们最大的不幸就是在佛蒙特找了一些最低级的角色充当代言人，比方说已故的沃尔特·布朗，正是他使得我对它们产生了极大的偏见。事实上，它们从不蓄意伤害人类，反而时常遭到人类残忍的虐待和窥探。有一群邪恶人类组成了一支秘密异教，我将他们与哈斯塔[9]和黄色印记联系在一起，您这样精通神秘学的人肯定明白我的意思；他们代表着来自其他维度的恐怖力量，致力于追踪并伤害我遇到的这种外来生物。外来者采取激进的预防措施不是为了对付普通人类，而是为了对付那些攻击者。顺便说一句，我们丢失的信件不是被外来者偷走的，而是那个邪恶异教的使者。

这些外来者对人类的全部愿望就是和平相处、互不干涉，在知识方面逐步建立亲睦关系。最后这一点具有绝对的必要性，因为人类的发明和机械扩大了知识和行动能力，外来者

---

9. 旧日支配者之一，化身之一为"黄衣之王"。

必须维持隐匿的前哨基地越来越难以保守秘密。外来者愿意更全面地了解人类,也希望人类在哲学和科学方面的少数领军人物更进一步了解它们。有了知识的交流,所有危机都会过去,双方可以建立起令人满意的共荣关系。认为它们企图奴役或侮辱人类的想法是荒唐可笑的。

作为改善亲睦关系的起点,外来者自然而然地选择我担任它们在地球上的首席翻译官,因为我对它们已经拥有相当可观的了解。昨夜我得知了许多事情,都是最令人震惊和开拓视野的知识,之后它们还会通过口述和文字告诉我更多的知识。近期它们还不希望我去外部空间旅行,以后很可能会在我的坚持下成行,不过必须通过特殊的方式,那将提升我们已经习以为常的一切人类体验。我的住所将不再被围困,我也不再需要守门犬了,一切都会恢复原状。恐惧烟消云散,取而代之的是极少有人类得到过的知识的恩赐和智力的冒险。

在所有的时间和空间内外,这些外来者很可能都是最奇妙的有机生命体。它们属于一个广布于宇宙的种族,其他生命形式都只是它们退化的变种。假如一定要用人类的语言来描绘构成它们身体的物质,也许可以说它们更接近植物而非动物,拥有某种接近真菌的构造。它们体内含有类似于叶绿素的物质,营养系统的结构非常独特,使得它们完全不同于我们的有杆真菌类。事实上,构成这个种族的物质完全相异于我们的这部分空间，电子的振动频率彻底不同，因此已知宇宙中的普通胶片和感光板都不可能拍到它们的影像，只有我们的眼睛能看见。不过，在正确的知识帮助下，优秀的化学家可以调配出某种感光乳剂，从而记录下它们的影像。

这个物种有一点是独一无二的，它们能单凭肉身穿越没有热量和空气的星际虚空，但部分变种若是没有机械的帮助或奇妙的手术移植就无法做到。只有寥寥无几的群落长有可以扇动以太飞翔的翅膀，佛蒙特变种就是其中之一。栖息于旧世界某些偏僻山峰中的变种是以其他方式来到地球的，它们与佛蒙特变种是平行演化的不同分支，没有密切的血缘关系，从外表看更接近动物生命，构造也类似于我们理解中的物质。它们的脑容量超过了现存的任何物种，而生活在佛蒙特乡野间的有翼变种无疑是整个种族内大脑最发达的，平时通过心灵感应进行交流，但也拥有冗余的发声器官，在微小的手术后（它们的外科手术水平极为发达，同时也极为平常），能够大致模仿依然靠声音沟通的有机生物的语言。

它们最接近地球的主要聚居地是太阳系内一颗尚未发现的行星，这颗行星几乎不发光，位于太阳系的边缘处，在海王星之外，是从太阳向外的第九大行星。正如我们之前的推测，古老典籍和禁忌著作中以"犹格斯"之名暗示其存在的神秘天体就是它；为了推动和促进精神上的亲睦关系，那里很快就会成为我们世界的思想汇聚的奇异之地。若是天文学家对这些思维流足够敏感，他们就会按照外来者的意愿发现犹格斯，对此我绝对不会感到惊讶。然而，犹格斯当然只是一块垫脚石。这些生物主要生活在结构奇异的深渊之中，那里完全超出人类想象力的极限。我们以为等价于宇宙的时空球体在他们所认知的无垠永恒中只是一颗原子。而这浩瀚得超乎人类大脑所能承载的无垠永恒最终也将向我开放，有史以来能够享此殊荣的人类还不到五十位。

您刚开始多半会认为这是我的胡言乱语，但是，威尔玛斯，总有一天，您将明白我偶然碰到的这个机会是多么珍贵。我希望您能尽可能与我分享一切，为此我必须向您透露千千万万件不能记录在纸上的事情。过去我不允许您来见我，但现在已经安全了，我非常乐意收回我的警告，邀请您来做客。

不知您是否愿意在大学开学前来一趟？要是您愿意，我将感到万分荣幸。请带上那张唱盘和我写给您的全部信件，这些是可供参考的素材，我们将需要它们来拼凑起令人惊叹的前因后果，最好也带上那些照片，因为我最近忙中出错，弄丢了底片和手上的照片。天哪，我要在那些摸索和猜测之上增加多么丰富的事实，还要为这些事实补充一个多么宏大的构想啊！

不要犹豫了，现在已经没有间谍刺探我了，您也不会遇到任何反常或令人不安的事情，直接来就好，我可以驾车在布莱特尔博罗火车站等您——您愿意待多久都行，我期待能够与您彻夜畅谈超乎人类想象的许多事情。当然了，请不要告诉其他人，因为这件事还不能让普罗大众知道。

布莱特尔博罗的列车服务还不错，您可以在波士顿要一份时刻表。您不妨先走波缅铁路到格林菲尔德，然后换乘短途列车。我建议您搭标准时间下午4:10从波士顿出发的那一班，抵达格林菲尔德是7:35。9:19发车的短途列车抵达布莱特尔博罗是10:01。这是工作日的时间表。请告诉我具体日期，我会将车留在车站等您。

请原谅我用打字机写信，但如您所知，最近我写信的手抖得厉害，恐怕难以胜任长时间的伏案书写了。我昨天在布莱特尔博罗买了这台新式的日冕牌打字机，用起来相当顺手。

静候回信，希望能很快见到您，勿忘唱盘、我的所有信件和照片。

期盼您的到来。

亨利·W.埃克利<br>
致：艾尔伯特·N.威尔玛斯，阁下<br>
米斯卡托尼克大学<br>
阿卡姆，马萨诸塞州

这封出乎意料的奇怪信件我读了又读，左思右想，心中的情绪复杂得难以描述。如前所述，这封信既让我松了一口气，同时也深感不安，但这么说只能粗略地表达心中纷繁芜杂的无数种感觉，其中绝大多数都处在潜意识之中，它们共同构成了轻松和不安这两种情绪。首先，这封信与在此之前那一系列的惊恐来信天差地别，情绪从毫不掩饰的惶惑变成了冷静的满足甚至喜悦，这个转变没有任何预兆，来得犹如闪电，毫无保留！我很难相信一个人在星期三写下一封疯狂的诀别信，仅仅过了一天，他的心理面貌就能发生如此彻底的变化——无论他在这一天里得到了什么令人安心的启示。这种自相矛盾的不真实感甚至让我怀疑，远方来信讲述的这整个魔幻传奇，会不会是我脑海里产生的虚妄梦境。但我随即想到了那张唱盘，于是陷入了更茫然的困惑之中。

　　这封信远远超出了我的一切预料！在分析了我对这封信的印象之后，我发现它由两个截然不同的部分构成。首先，假如埃克利在此之前神智健全，目前也依然如此，那就说明情况发生了迅速和无法想象的变化。其次，埃克利在风格、态度和语言方面的变化巨大得超过了正常和可预测的范围。他的整个人格似乎经历了某种潜在的突变，这一变化过于深远，使前后两面的对比很难不违背他始终神智健全的假设，甚至连措辞和拼写都有着微妙的区别。由于我的学术背景，我对行文风格非常敏感，我能觉察到他连日常的书写习惯和韵律节奏都有了剧烈的改变。可想而知，想要催生出这么激烈的变化,他遭遇的情绪剧变或真相揭示也必定超乎想象!不过,从另一个角度说,这封信也非常符合埃克利的性格:他对无垠永恒的那种热忱依然如故,研究者专有的探求欲望也始终如一。我不止一次地怀疑这封信是不是出自假冒者之手,或者遭到了恶意篡改。可是,邀请我去做客,希望我能去亲自检验这封信的真实性,这难道不恰好证明了它不可能是伪造的吗?

星期六夜里我没有休息,而是坐着思考这封信背后隐藏着什么样的秘密和奇事。我头痛欲裂,因为大脑在飞快地回顾过去四个月内它被迫面对的种种可怖概念,思索这一令人惊诧的新素材,而怀疑和相信轮流降临,先前读到那些异事时的大多数思想活动一再重复。直到深夜时分,强烈的兴趣和好奇逐渐取代了最初如风暴般肆虐的困惑与不安。无论埃克利的神智是否健全,无论他是发生了彻底的改变还是仅仅暂时放松了心情,他对其危险探索的看法都有了天翻地覆的转变。这种改变不但消除了他的危险(无论是真实的还是想象中的),也开启了有关宇宙和超人类知识的令人眩晕的新视野。在他的影响之下,我对未知事物的热情也燃烧了起来,我感觉到那种突破障碍的病态激情也感染了我。我想摆脱时空和自然规律那令人发疯和厌倦的限制,与浩渺的外部世界建立联系,接近犹如黑夜与深渊的无垠永恒和最终至高的秘密——这样的知识当然值得一个人赌上生命、灵魂和正常神智!埃克利现在已经没有危险了,还邀请我去探望他,而不是像以前那样警告我不要去找他。一想到他会告诉我什么样的秘密，我就心痒难耐。想到要坐在不久前还遭到围困的荒僻农舍里，对面的那位先生与外太空的信使有过交谈，身旁是一张可怕的唱盘和记载着埃克利先前那些结论的信件，我激动得简直无法动弹。

于是，星期日上午晚些时候，我发电报给埃克利，说如果方便的话，下周三也就是9月12日，我将前往布莱特尔博罗探访他。只有在选择车次这一点上，我没有遵守他的建议。实话实说，我不怎么愿意在深夜时分抵达佛蒙特的那片诡异地区，因此没有搭乘他建议的那班列车，而是打电话到车站预订了另一班次。我早早起床，搭标准时间上午8点07分的列车到波士顿，乘9：25出发的列车去格林菲尔德，中午12点22分到站。这个时间恰好能赶上一班短途列车，下午1点08分就将抵达布莱特尔博罗，这个时间比深夜10点01分更适合与埃克利见面，并坐在他的车里驶进隐藏着秘密的苍翠山岭。

我在电报中简述了我的车次选择，当天傍晚就收到了回复，很高兴得知我未来的东道主也赞同我的乘车计划。他的电报如下：

满意安排。周三1点08分接站。勿忘唱盘、信件和照片。行踪保密。请期待伟大启示。
埃克利

这份电报直接回复了我发给埃克利的那份电报，要做到这一点，必须有官方信使从汤申德电报局将电报送到他家里，或者通过修复了的电话线路告诉他。收到这份电报打消了我潜意识里残余的全部疑虑，我不再怀疑那封令人困惑的信件的真实性了。我感觉心里像是大石落地——真的，当时的那种轻松感无法用语言描述，因为所有的疑虑都被深深埋进了地底。那天夜里我睡得深沉而香甜，在接下来的两天中满怀期望地为旅程做好准备。

-6-

星期三，我按原计划动身，随身的行李箱里除了简单的日用必需品就是科研资料，包括那张可怖的唱盘、那几张快照和埃克利的全部来信。应他所求，我没有向任何人透露去向。尽管情况出现了最可喜的转机，但我明白整件事依然需要严格保密。想到能够接触外来的异类个体并和它们交流思想，即便是我那久经训练、已有准备的头脑也会不知所措。我况且如此，全然不知情的普罗大众又会有什么样的反应呢？真不知道在我心中占据上风的究竟是恐惧还是对冒险的期盼；我在波士顿换车，踏上向西的漫漫旅程，离开熟悉的地区，窗外的风景越来越陌生。沃尔瑟姆、康科德、阿耶、费奇伯格、加德纳、阿索尔……

我那班车晚了七分钟抵达格林菲尔德，向北去的短途列车也同样推迟出发。我匆匆转车，列车在午后的阳光中隆隆驶入我多次读到但从未前往的这片土地，我忽然有一种难以喘息的怪异感觉。从小到大我一直居住在南部靠近海岸的机械化和都市化区域，相比之下，这里的新英格兰地区更加原始，遵守古风，是祖辈生活过的地方，没有外国人和工厂的烟雾，没有广告牌和水泥道路，是现代文明尚未染指的地区。这里或许还有薪火相传的土著居民，他们深深扎根于此，是这片土地结出的真正果实。这些土著居民继承了怪异的古老记忆，为极少有人提及的诡异而离奇的信仰提供了肥沃的土壤。

我偶尔能看见蓝色的康涅狄格河在阳光下熠熠生辉，离开诺斯菲尔德，跨过康涅狄格河之后，前方浮现出了郁郁葱葱的神秘群山，列车员巡视车厢时，我得知终于来到了佛蒙特州。他建议我将手表回拨一小时，因为北部山区并不使用新推行的夏令时。我按他说的将表针回拨，感觉却像将日历往回翻了一个世纪。

列车沿河而行，河对岸是新罕布什尔州，我看见旺塔斯蒂奎特峰的陡峭山坡越来越近，那座山也是奇异的古老传奇的汇集之处。没过多久，列车左侧开始出现街道，右侧的河流中出现了一座苍翠小岛。人们纷纷起身，排队准备下车，我也跟了上去。列车停稳，我很快就站在了布莱特尔博罗车站的顶棚底下。

我的视线扫过接人的车辆队伍，一时间搞不清哪一辆是埃克利的福特车，还没等我走过去仔细端详，就有人认出了我。一位先生走过来向我伸出手，问我是不是阿卡姆的艾尔伯特·N.威尔玛斯先生，但他明显不是埃克利。他和照片中头发斑白、留着胡须的埃克利毫无相似之处，他年纪更轻，更像个城里人，衣着时髦，只留着一抹黑色的小胡子。他说话彬彬有礼，带着一丝奇怪而令人不安的熟悉感，但我怎么也想不起来曾在哪儿听过这个声音。

我一边打量着他，一边听他解释说自己是我未来的东道主的朋友，代替埃克利从汤申德过来接我。他说埃克利突然哮喘发作，无法在室外长途奔波，好在情况并不严重，因此拜访计划不需要有任何变动。我看不出这位诺伊斯先生（他是这么介绍自己的）知道多少埃克利的研究和发现，但他漫不经心的举止让我认为他是个相对而言的局外人。想到埃克利多么热爱隐居生活，我不禁惊讶于他居然也有能够随时帮忙的朋友。不过疑惑归疑惑，我还是没有拒绝他的邀请，坐上了他的车。按照埃克利的描述，我以为来接的会是一辆陈年小车，但这却是一辆宽敞而完美无瑕的新款轿车，显然是诺伊斯自己的，挂着马萨诸塞州的牌照，上面有那年令人发噱的"神圣鳕鱼"图案[10]。据此得出结论，我这位向导只在夏天暂居汤申德地区。

诺伊斯坐进我身旁的司机座位，立刻启动引擎。我很高兴他没有滔滔不绝地聊个没完，因为莫名紧张的气氛使得我不怎么想说话。我们开上一段斜坡，右转拐上主道，小镇在下午的阳光中显得美丽无比。它像儿时记忆里新英格兰的古老城市那样打着盹，屋顶、尖塔、烟囱和砖墙一同构成的轮廓触动了我内心深处的旧日心弦。我仿佛站在一片魅惑之地的门口，即将穿过层层堆叠、绵延不断的时光积淀。在这个地方，古老而奇异的事物能够自由自在地生长和逗留，因为它们从未受过任何打扰。

轿车驶出布莱特尔博罗，受到约束的不祥感觉越来越强烈，车窗外的乡野峰峦叠嶂，郁郁葱葱的花岗岩陡坡耸立威胁、簇拥包

---

10. 波士顿的马萨诸塞州众议院挂有一尊鳕鱼雕像，用于纪念渔业对马萨诸塞州的贡献，20世纪20年代，这个图案曾印在马萨诸塞州的车牌上。

围，暗示着阴森的秘密和从远古残存至今的某些存在，很难确定它们对人类是否怀有敌意。有一段路程，我们顺着一条宽阔但不深的河流前行，我的同伴说这就是西河，我不禁打了个寒战，想起了报纸上的文章。洪水过后，正是在这条河里，有人见到了螃蟹状怪物的恐怖尸体。

周围的乡野变得越来越偏僻，人烟稀少。来自过去的古老廊桥惊悚地架在山岭之间。接近废弃的铁路与河流平行，似乎在喷吐肉眼几乎可见的荒凉气息。偶尔能看见醒目得令人畏惧的山谷，悬崖拔地而起。峰顶鳞次栉比的青翠树木之间，能看见新英格兰险峻的灰色原始花岗岩。深谷之中，野性难驯的溪流载着千百座人迹罕至的山峰中难以想象的秘密，向大海奔涌而去。时而有半掩半露的狭窄岔路蜿蜒伸向茂密的森林，自然精灵也许就成群结队地出没于参天古树之间。望着这一切，我不由得想到埃克利驾车驶过这条路时，曾经受到某些诡秘力量的滋扰，此刻我无疑也体会到了他的感受。

不到一个小时，我们就来到了别具风味的秀丽小镇努凡。人类通过征服和彻底占有圈出了自己的世界，而这里就是我们与已知世界的最后联系了。在此之后，我们就将舍弃对可见可及、可随时间改变的事物的依赖，进入虚幻的世界或秘密的异境，缎带般的小路带着几乎能被觉察到的蓄意和任性，在杳无人迹的峰岭和荒凉萧瑟的山谷之间起伏蜿蜒。除了发动机的声音和偶尔一闪而过的偏僻农庄的微弱响动，传进我耳朵的只有幽暗森林中无数隐蔽泉眼涌出陌生溪流时的汩汩水声。

陡然隆起的低矮山丘是那么逼仄和紧促，真让人透不过气来。它们的险峻和突兀都超过了我建立在他人见闻上的想象，与我们熟悉的平凡的客观世界毫无共同之处。在那些无法攀爬的峭壁上，在人类从未涉足过的茂密森林中，似乎栖息着不可思议的诡异生物，就连山丘本身的轮廓也像是拥有被遗忘了亿万年的怪异意义，仿佛是传说中泰坦族留下的巨型象形文字，其荣光只存在于最稀奇的梦境深处。过去的所有传说，亨利·埃克利的信件和物品中令人震惊的全部推论，此刻源源不断地从记忆中涌出，紧张的气氛和愈加强烈的险恶感变得难以忍受。这场探访的目的，此行所证实的那些恐怖异事，忽然一同向我袭来，刺骨的寒意几乎浇灭了我对离奇事件的研究热情。

向导大概注意到了我心神不宁。随着道路越来越偏僻和崎岖，车开得越来越慢和颠簸，他偶尔三言两语的随口闲谈变成了滔滔不绝的演说。他讲述这片乡野的美丽和怪诞，揭示出他颇为熟悉我未来东道主的民俗研究。从他彬彬有礼的提问中显然看得出，他知道我是出于科学目的而来，也清楚我携带着颇为重要的资料，但没有表露出他了解埃克利已经触及了多么深奥和可畏的知识。

他的举止是那么镇定自若，教养良好，令人愉快。他的话按理说应该能够安慰我，让我冷静下来，但奇怪的是，随着我们颠簸着驶向未知的荒僻山林，我的不安情绪却越来越严重。有几次他似乎在套我的话，想知道我究竟掌握了多少这里的可怖秘密。他的说话声带给我模糊的熟悉感，逗弄得我简直有些沮丧。他每说一句话，熟悉感就更强烈一分。这绝对不是什么普通或正常的熟悉感，然而他很有教养的声音本身并没有什么特别之处。不知为何，我将它与某些被遗忘的噩梦联系在了一起，总觉得要是想起来的话反而会发疯。假如我能找到个像样的借口，恐怕会立刻掉头回家。很可惜我不能这么做，况且抵达埃克利住处后，和他进行一场冷静的科学交谈无疑将大大有助于稳定我的情绪。

另外，我们翻山越岭穿越的这片醉人土地拥有美丽的自然风景，其中蕴含着某种奇特的镇定力量。时间在山野迷宫中迷失了自我，仙境般的鲜花海洋在四周绵延伸展，消逝岁月的美好也重新展现：灰白色的小树林，毫无瑕疵的草地、草地边缘处开着欢快的秋日花朵。参天古木组成的树林之间点缀着小小的棕色农庄，背后是陡峭的悬崖，而峭壁上遍布芬芳的野蔷薇和青翠的草丛。就连阳光也透着超自然的魅力，笼罩这片地区的空气也似乎与众不同。我只在意大利原初主义画家作品的背景中见过这种魔幻风光。索多玛和列昂纳多构思过这种宏大的风景，描绘在文艺复兴时期的穹顶上，但也只是远景。而此刻我们正置身于这么一幅风景画之中，我似乎在它的魔法里得到了一些自生下来就知道或遗传自先祖的东西，一些我始终在徒劳无功地寻找的东西。

车开上一段陡坡，拐过一个大转弯，忽然停下了。在我的左边，延伸到路边的草坪修剪得整整齐齐，刷成白色的石块垒出一道边界，草坪尽头是一幢两层半的白色房屋，尺寸和雅致的外观在这片地区难得一见，屋后右侧的谷仓、柴房和磨坊用拱廊连在一起。我立刻认出这就是我收到的照片中的那幢房屋，随即毫不惊讶地见到镀锌铁皮的路边邮箱上写着"亨利·埃克利"的名字。屋后隔着一段距离是一片树木稀少的沼泽地，再过去是一座山峰，山坡上森林茂密，峰顶的树木参差不齐。我知道那就是黑山的山巅，我们已经爬到了它的半山腰。

我正要下车去拿行李箱，诺伊斯请我稍等片刻，他先向埃克利通报一声。他说在别处还有重要的事情，实在无法多作停留。他沿着小径急急忙忙地走向屋子，我走下车，想活动一下腿脚，为漫长的对谈做好准备。来到埃克利在信中描述得令人毛骨悚然的围攻现场，我的紧张和不安再次攀升到了顶点，想到即将开始的谈话将把我和那些异类以及禁忌星球联系在一起，胸中的畏惧就油然而生。

近距离接触怪异事物带来的往往是惊骇而非启发，想到经过充满恐惧和死亡的无月夜晚后，埃克利就是在这段土路上发现了可怕的印痕和恶臭的绿色液体，我的心情自然不可能变好。不经意间，我注意到埃克利的守门犬似乎都不在附近。外来者与他讲和后，他就立刻卖掉了那些狗吗？换了是我，这份和平的信心恐怕不会像他最后那封信里说的那么强烈和发自肺腑。不过话说回来,埃克利毕竟心思单纯,缺乏与外界打交道的经验。在结成同盟的表面之下,是否还隐藏着某些更深沉和险恶的激流呢?

在思绪的引导下,我的视线落向尘土飞扬的路面,这里曾经保留了可怖的证据。过去几天很干燥,尽管这附近人烟稀少,但不太平整的公路上依然满是车辙。我怀着一丝好奇心,开始勾勒这些印痕对应的轮廓,尽量按捺住这个地方及其记忆引发的骇人幻想。在安静如葬礼的死寂之中,在遥远溪流的隐约流淌声之中,在苍翠的群山之中,在挤满狭窄地平线的密林峭壁之中,潜伏着某些险恶和令人不快的东西。

就在这时,一幅画面跳进我的脑海,使之前模糊不清的威胁和离奇念头都变得微不足道、毫无意义。我之前说过,扫视路面上各式各样的印痕时只出于一丝懒散的好奇心,但忽然之间,这份好奇心被令人无法动弹的切实恐怖抹杀得一干二净。尘土中的印痕乱七八糟、互相交叠,不太可能吸引住我随意扫过的视线,但我不肯安歇的眼神在屋前小径与公路相交的地方注意到了某些细节,绝望但确凿地意识到了那些细节令人惊恐的含义。唉,要不是我曾一连几个小时凝视埃克利寄给我的外来者爪印照片,恐怕也不可能认出这是什么。我太熟悉那些丑陋的鳌爪留下的印痕了,无法辨别其前进方向的这个特征代表着绝非地球生物的恐怖。就算上帝垂怜,我也不可能看错,客观证据就摆在我的眼前,顶多三小时前留下的至少三个印痕，清清楚楚地在进出埃克利家的庞杂而模糊的脚印之间嘲笑着神明。来自犹格斯的活真菌留下了这些恶魔般的印记。

我及时克制住自己，没有尖叫起来。说到底，既然我已经相信了埃克利信中的那些话，见到这些也就是意料之内的事情了。他说已经和那些怪物讲和，那么它们中有几个登门拜访又有什么好奇怪的呢？但我心中升腾起的惊恐无论如何都无法得到安抚。一个人第一次见到来自宇宙深空的生物留下的爪印，要是无动于衷才奇怪呢！就在这时，诺伊斯走出大门，迈着轻快的步伐走来。我心想，我必须控制住自己，因为这位和蔼可亲的朋友并不知道埃克利在探索禁忌知识时获得了多么深刻和巨大的发现。

诺伊斯三言两语告诉我，埃克利很高兴，准备马上见我，但哮喘突发害得他会有一两天无法好好招待我。这该死的病每次一发作就很厉害，通常伴随着让人虚弱的高烧，导致浑身乏力。病情持续的那几天里，他的情况会很糟糕，只能轻声说话，行动也会变得笨拙和迟缓。脚和脚腕也肿了，所以只能缠上绷带，像个患痛风的老卫兵。今天他的情况很不好，所以我恐怕只能自己招呼自己了，但他依然期待与我交谈。前厅左手边的书房，就是所有百叶窗都拉得严严实实的那个房间，我在那儿可以找到他。他发病的时候必须遮挡阳光，因为眼睛会变得非常敏感。

诺伊斯和我道别，开着他的车向北而去。我慢慢地朝那幢屋子走去。正门为我留了一条缝，在进门之前，我先扫视了一圈这整个地方，想搞清楚究竟是什么让我产生如此难以名状的怪异感觉。谷仓和柴房看上去整齐而平常，我看见埃克利那辆破旧的福特车停在没有上锁的宽敞车棚里。就在这时，我突然揭开了那种怪异感觉的秘密：彻底的寂静。通常来说，一座农庄总会有各种牲畜弄出来的声音，就算不是喧闹，至少也该有些响动，但这里却没有一丝一毫生命存在的迹象。鸡和猪都去了哪儿？还有牛，埃克利说过他有几头牛——当然了，牛也许在草场上放牧，而狗很可能已经转手卖掉了。但听不见任何咯咯声或咕咕声就实在太奇怪了。

我没有在小径上逗留太久，而是毅然决然地走进农舍，随手关上大门。关门让我付出了相当不一般的精神努力，此刻我被关在了室内，有一小会儿很想拔腿就逃。倒不是说这里看上去有多么凶险，事实恰恰相反，我觉得晚期殖民地风格的雅致门厅很有品位，没有任何异样之处，我很欣赏装饰所表现出的良好修养。不，让我想逃跑的是某种很难说清的微妙感觉。也许是我认为自己闻到了异常的气味，但另一方面我很清楚，哪怕是在最光鲜的古老农舍里，闻到霉烂的气味也再正常不过。

## -7-

我没有让这些模糊的疑虑左右我的意志，而是按照诺伊斯的指示，推开了左手边那扇包铜边的六镶板白色木门。正如我已经知道的，房间里很暗，走进房间，我注意到那股怪味变得更浓烈了。空气中似乎还存在某种微弱的律动或震颤，但也许不过是我的想象罢了。有一小会儿，紧闭的百叶窗使得我几乎什么都看不见，紧接着，某种含着歉意的咳嗽声或低语声将我的注意力带向房间对面最黑暗的角落，那里有一张宽大的安乐椅，我在朦胧暗影中看见一些模糊的白色，那是一个人的面部和双手。我立刻走向这个竭力想说话的人，尽管光线昏暗，但我看得出他就是邀请我的人。我多次仔细打量过他的照片，肯定不会认错眼前这饱经风霜的坚毅面容和灰白的短胡须。

但再看第二眼，悲哀和焦急蒙住了我的心，因为这张面容的主人无疑正重病缠身。我觉得在他紧绷、僵硬而缺乏生机的表情和眨也不眨的呆滞眼神背后，肯定还藏着比哮喘更严重的问题。我同时也意识到那些恐怖经历的冲击肯定严重影响了他的健康。毫无畏惧地钻研禁忌知识足以拖垮任何一名人类，哪怕是更年轻的人也不会例外。突如其来但异乎寻常的身心放松恐怕来得太晚，无法将他从全面崩溃中解救出来。他瘦骨嶙峋的双手软绵绵地放在大腿上，看得我心生怜悯。他身穿宽松的晨袍，头部和脖子的上半部裹着一条鲜艳的黄色围巾或头巾。

　　我看见他开口说话，用的还是刚才打招呼的那种嘶哑低语声。刚开始我听不清他究竟在说什么，因为灰白的胡须挡住了嘴唇的所有动作，而且那音调中有些东西让我极为不安。我集中精神仔细倾听，出乎意料地很快就明白了他想表达的意思。他的口音绝对没有乡下人的味道，用语比通信带给我的印象还要文雅。"我想您就是威尔玛斯先生吧？请原谅我无法起身。我病得很严重，诺伊斯先生应该已经告诉您了，但我还是忍不住要请您来这一趟。我最后一封信里说的那些事情，您都已经很清楚了——等明天感觉好一些，我还有更多的事情想告诉您。哎呀，和您通信那么久之后终于能够见面，我都无法形容我有多么荣幸。那些信件您都带来了，对吧？还有照片和唱盘？诺伊斯把您的箱子放在门厅里——您应该已经看见了。今晚您恐怕只能自便了。您的房间在楼上，就是我顶上的那一间——楼梯口开着门的房间是浴室，从您右手边的那扇门出去是餐厅，晚饭已经为您准备好了，愿意什么时候吃都随便您。我明天肯定能好好款待您，但现在虚弱使得我无能为力。

　　"您就当回到自己家一样——带着行李上楼之前，您不妨把信件、照片和唱盘取出来，放在这张桌子上。明天咱们就在这里讨论。您看，我的唱机就在屋角的架子上。

　　"不用了，谢谢——您不用担心我，我很熟悉这些老毛病。

假如您愿意的话，入夜前过来看看我，然后再上楼去休息。我就在书房休息，也许和平时一样，晚上也在这儿睡觉。明天早晨我会好起来，可以和您讨论我们必须讨论的那些问题。您当然明白，我们面前的事情有多么令人惊叹，远远超出人类科学与哲学概念的时空和知识将为我们敞开大门，整个地球上曾经享受如此殊荣的人也寥寥无几。

"您知道吗？爱因斯坦错了，因为某些物体和能量的运行速度可以超过光速。在适当的手段帮助下，我将能够在时间之中往来穿梭，目睹和亲身体会遥远的过去和未来的新纪元。你无法想象那些生物已经将科学提高到了一个什么程度，它们可以对有机生命体的思想和肉体做任何事情。我将去探访其他行星，甚至其他恒星和星系。首先要去的就是犹格斯，那是外来生物定居的星球中离地球最近的一颗，位于太阳系的边缘，是一颗奇异的黑色星球，尚未被地球上的天文学家发现，这我已经在信中告诉您了。等到合适的时候，那些生物将向我们发射思想流，从而让犹格斯被人类发现——也可能是请它们的人类盟友给科学家一些提示。

"犹格斯上有许多宏伟的城市——梯台高塔排成行列，高塔的材质就是我想寄给您的黑色岩石。那块岩石来自犹格斯，阳光在那里并不比星光灿烂，但那些生物不需要光线。它们拥有更敏锐的其他感官，巨大的房屋和神殿上不需要安装窗户。光线甚至会伤害和妨碍它们，让它们头脑混乱，因为它们起源的黑色宇宙位于时空之外，那里根本不存在光线。脆弱的普通人来到犹格斯肯定会发疯，但我还是要去。黑色的沥青河在神秘的石砌桥梁下流淌，早在那些生物从虚空中来到犹格斯之前，修建桥梁的古老种族就已消亡和被遗忘，光是看见这个景象，任何人只要能够保持神智健全，将他的见闻讲述出来，就足以成为新的但丁或爱伦·坡。

"但是，请记住——这颗有着真菌花园和无窗城市的黑暗星球并不真的值得害怕。只是对人类来说应该感到恐惧而已。那些生物在原始年代第一次造访我们这颗星球时，很可能也感觉到了同样的恐惧。您要知道，早在克苏鲁的伟大纪元远未终结之前，它们就来到了这里，仍还记得沉没古城拉莱耶还在水面之上的雄姿。它们也去过地球的内部——通过一些无人知晓的洞口，其中有几处就在佛蒙特的群山之中——地球内有未知生命创造的伟大世界：点亮蓝光的克尼安，点亮红光的犹思，还有黑暗无光的恩凯。可怖的撒托古亚就来自恩凯，您知道，就是那种状如蟾蜍的无定形类神生物，《普纳科蒂奇抄本》《死灵之书》和亚特兰蒂斯高级祭司克拉卡什一通整理的科摩利翁神话体系中提到过它。

"我们还是以后再谈这些吧。现在已经是下午四五点了。您还是先把资料从行李中取出来，去吃点东西，然后回来舒舒服服坐下，我们再继续详谈。"

我缓缓地转过身，遵从了他的指示，拿来行李箱，取出他想要的资料放下，然后上楼去配给我的房间。路边的爪印还记忆犹新，埃克利低声说出的话语给我造成了怪异的影响。他在字里行间流露出他很熟悉被真菌生命占据的未知星球，禁忌之地犹格斯，这不由得让我毛骨悚然。我很同情埃克利的病情，但不得不承认他嘶哑的嗓音既让我怜悯，更让我厌恶。真希望他在谈论犹格斯和它的黑暗秘密时不是那么得意扬扬！

给我的房间相当舒适，装饰华美，没有霉烂的气味，也没有令人不安的震颤感。我把行李留在房间里，下楼和埃克利打了个招呼，然后去用为我准备的晚餐。餐厅就在书房隔壁，再过去是厨房。餐桌上摆着丰盛的食物，三明治、蛋糕和奶酪等着我去享用，保温瓶和杯碟说明主人也没有忘记热咖啡。美味的晚餐过后，我给自己倒了一大杯咖啡，却发现厨房的高标准在一个小细节上出现了失误。我用调羹尝了一口咖啡，觉察到咖啡有一股令人不快的辛辣味道，于是没有再喝下去。晚餐的这段时间里，我想着隔壁暗沉沉的房间，埃克利就坐在安乐椅里默默等待，于是过去问他要不要一起吃两口，但他用嘶哑的声音说现在还不能吃东西。睡觉前他会喝点麦乳精，今天也只能消化这些东西。

晚餐过后，我坚持帮他收拾碗碟，拿到厨房水槽里洗干净，顺便倒掉了那杯难以下咽的咖啡。回到昏暗的书房后，我搬来椅子到主人身旁坐下，准备和他聊一些他愿意聊的话题。信件、照片和唱盘还在房间中央的大书桌上，暂时还用不上。没过多久，我就忘记了那股怪味和奇异的震颤感觉。

我说过，埃克利的部分信件（尤其是篇幅最长的第二封）里有一些内容是我不敢引用甚至无法用词句写在纸上的。这种胆怯同样适用于当晚我在偏僻山岭中那个黑暗房间里听见的喃喃低语，只是程度还要更加强烈。至于这个沙哑嗓音描述的宇宙究竟有多么恐怖，我甚至都无法稍作暗示。他本来就知道一些可怕的事情，自从与外来者和解之后，他得知的事情则完全超出了神智健全者的承受范围。哪怕到了现在，我也彻底拒绝相信他揭示出的所有秘密，例如终极无穷的构成和维度之间的并列，例如原子宇宙彼此连接而成的无尽链条组成了当前这个拥有曲率、角度、物质和半物质电子有机体的超宇宙，而人类所知的时空宇宙在其中占据着什么可怖的位置。

从来没有哪个神智健全的普通人如此危险地接近过基础实体的存在奥秘，也没有哪颗有机质的大脑能比我们更靠近超越形态、力能和对称性的混沌所蕴含的彻底湮灭。我因此知道了克苏鲁的起源，知道了历史中一半的新星为何陡然点亮。从那些就连我的解说者提到时也会胆怯犹疑的线索中，我猜到了隐藏在麦哲伦星云和球状星云背后的秘密，以及道家古老寓言所掩盖的黑暗真相。杜勒斯的本质得到明白的揭示，我因此了解了廷达罗斯猎犬的本质（而非起源），众蛇之父伊格的传奇被褪去了象征性的外衣。他向我讲述位于角度空间以外的丑恶混沌核心，《死灵之书》用阿撒托斯之名仁慈地将其掩盖，我不禁感到既诧异又厌憎。最污秽邪恶的秘传神话被他一一说明，使用的语言确切而直白，可怕得超过了古代和中世纪神秘主义者最大胆的暗示。我难以避免地也开始相信，最初低声讲述这些可憎传说的人肯定接触过埃克利所谓的"外来者"，甚至造访过外来者邀请埃克利前往的外部宇宙。

埃克利讲述了黑色岩石和它所代表的意义，我很高兴它并没有被寄到我的手上。我对石块上那些象形文字的猜想竟然完全正确！但埃克利似乎已经接受了他偶然发现的这一整套诡奇体系——不只是接受，甚至渴望去进一步探求那恐怖的深渊。我很想知道，他给我寄出最后一封信之后，究竟和什么样的外来生物交谈过，也想知道它们中有多少曾经是人类，就像他提到的第一位信使那样。我的大脑紧张得难以忍受，阴暗的房间里，挥之不去的怪异气味和隐约存在的诡异震颤让我做出了各种各样的疯狂猜想。

夜幕已经降临，我回忆起埃克利早些时候在信中提到的那些夜晚，战栗着想到今晚将没有月亮。我很不喜欢农舍的位置，它位于密林覆盖的避风面山坡上，而山坡通往人迹罕至的黑山峰顶。得到埃克利的允许后，我点燃了一盏小油灯，将光亮调到最小，放在远处的书架上，紧贴着幽魂般的弥尔顿胸像，但我立刻就后悔了，因为在微弱的光线下，屋主毫无表情的紧绷面孔和一动不动的嘴唇显得非常怪异，类似尸体。他像是根本无法动弹了，只是偶然僵硬地点一点头。

听完他的一席话，我无法想象他还为明天留下了什么更可怕的秘密。最后他向我透露，明天的首要话题将是他前往犹格斯及更远处的旅程，我也有机会参与其中。得知我也可以进入宇宙旅行时，我的震惊和恐惧肯定让他觉得好笑，因为见到我害怕的表情，他的头部剧烈地摇晃起来。随后他非常温和地告诉我，人类将如何实现这看似不可能的星际旅行——事实上，前例已经有过好几次。完整的人体确实做不到，但外来生物运用它们卓越的外科学、生物学、化学和机械学手段，找到了办法只运输人类的大脑，而不需要搬动用来维持生命的肉体。

它们能够毫无伤害地取出大脑，也有办法在大脑缺席的情况下维持残余机体的生命。赤裸裸的小小一颗大脑被装进隔绝以太的金属圆筒中，浸泡在定期补充的液体里，铸造圆筒的金属产自犹格斯，电极穿过圆筒后连接能够复制视觉、听觉和语言这三种重要功能的精密仪器。对于有翅膀的真菌生物来说，带着装有大脑的圆筒穿越空间是轻而易举之事。来到被真菌生物文明覆盖的星球上，它们可以找到大量可调节的专业设备，连接上圆筒中的大脑。在穿过和超越时空连续体的旅程的每一个阶段，经过短暂的适应，这些经过星际旅行的大脑都能拥有全部感官和人工生命，只是将肉身换成了机械躯体而已。是否能够成功，这完全不需要担心。埃克利并不害怕，这样的壮举难道不是早已实现过许多次了吗？

埃克利终于抬起了一只毫无生气的手，指着房间另一侧高耸的架子。架子上整整齐齐地摆放着十几个圆筒，我从来没有见过铸造圆筒的那种金属，它们高约一英尺，直径略小于一英尺，每个圆筒朝前的弧面上都有三个等边排列的怪异插槽。其中一个圆筒的两个插槽连着它背后两台模样古怪的机器。不需要埃克利说明，我也能猜到它们的用途，我像是得了疟疾似的直打寒战。他那只手指向了身边的墙角，那里堆着一些复杂的设备和相连的导线与接头，其中有几台很像圆筒背后的装置。

"这里有四种设备，威尔玛斯。"他嘶哑的声音低语道，"四种，每种对应三个感官，一共十二台设备。所以你知道那些圆筒里一共有四种生命。三个人类，六个无法以肉身穿越太空的真菌生物，两个海王星生物，（上帝啊！真希望你能看见它们在自己星球上的形态！）剩下的来自银河系外一颗特别有意思的暗星的中央洞窟。在圆山内的首要前哨基地里，你时常会见到更多的圆筒和机器，有些圆筒装着外宇宙生物的大脑，它们是来自最遥远的边疆的盟友和探险家，它们的感官与我们所知道的完全不同，那里有特制的机器供它们以合适的方式感知，以及向不同倾听者表达意思。和那些生物遍布各个宇宙的大多数前哨基地一样，圆山也是一个星际交流的枢纽！当然了，供我体验的只是其中最常见的类型。

"来——把我指给你的三台机器搬到桌子上。高的那一个，前方有两个玻璃透镜。然后是那个盒子，有真空管和共鸣板。最后是顶上有金属碟的那个。现在去拿贴着'B-67'标签的圆筒，站上那张温莎椅去架子上拿。重吗？别担心！确定是'B-67'就好。

不要碰到连着两台测试仪器的那个崭新的圆筒，对，就是贴着我名字的那个。把'B-67'放在桌上那三台机器旁边，三台机器上的旋钮全都拧到最左边。

"现在把透镜机器的导线插进圆筒最靠上的插槽，对！真空管机器连接下面左边的插槽，金属碟机器连接右边的插槽。现在把旋钮拧到最右边，首先是透镜机器，然后是金属碟机器，最后是真空管机器。对，就这样。哦，我应该告诉你的，这个圆筒里是一位人类，和你我一样。明天再让你体验其他生命吧。"

直到今天，我依然不明白为何会对他的低语声那么顺从，也不知道我认为埃克利究竟是疯狂还是正常。经历过之前的那些事情，我应该已经准备好了迎接所有挑战，但这种机械的表演套路像极了疯狂发明家或科学家的异想天开，激发了就连他刚才的演说也未能勾起的一丝疑虑。这位低语者讲述的内容超出了人类的全部观念，但仅仅因为缺少确凿可信的证据，就能够认为这一切都荒谬绝伦，那些生物不可能来自遥远的外部空间吗？

我的大脑一片混乱，然后渐渐觉察到刚连接上圆筒的三台机器都发出碾磨和旋转的声音，这种混合的怪声很快消失在彻底的寂静之中。接下来会发生什么？我会听见说话声吗？假如确实如此，我凭什么能断定那声音不是来自伪装得很巧妙的无线电装置，而说话的人藏在别处密切观察我们呢？即便到了今天，我也不愿赌咒说肯定听见了那些话，甚至不敢断定我目睹的究竟是什么奇迹。但当时确实发生了一些事情。

简而言之，那台装有真空管和共鸣板的机器开始说话，流露出的确定感和智慧毫无疑问地证明了说话者确实在场，而且正观察着我们。这个声音很响亮，带着金属的质感，没有生命，从发音的每个细节都听得出它完完全全的机械特性，而且无法调整音调和表达感情，只能以可怕的精确和从容，刺耳而滔滔不绝地说个没完。

"威尔玛斯先生，"声音说，"希望我没有吓着您。我和您一样也是人类，但我的肉体安全地存放在向东一英里半的圆山内，由合适的维生系统支持它的运转。而我本人就在您面前，我的大脑在这个圆筒里，通过这些电子振动机器看、听和说话。一周之后，我将像以前无数次那样再次穿过虚空，届时将有幸得到埃克利先生的陪伴。我也希望能得到您的陪伴。我见过您的照片，也知道您的名声，我一直在密切注意您和我们这位朋友之间的通信。有一些人类与探望我们星球的外来生物结成了同盟，我自然就是其中之一。我最初是在喜马拉雅山脉里遇到它们的，从各个方面帮助过它们。为了报答我，它们赐予我极少有人类得到过的体验。

"假如我说我去过三十七颗天体，其中包括行星、暗星和难以界定的星体，八颗位于我们的银河系之外，两颗甚至超出了宇宙那弯曲的时空界限，不知您会有何感想？而这些旅程没有对我造成任何损害。它们从我的身体里取出大脑，分离的过程过于轻盈简洁，称之为外科手术都稍显粗鲁。那些来访者拥有能让取出过程变得简单甚至平常的手段，与大脑分离的肉体永远不会衰老。我必须补充一句，圆筒内有机械装置，时常更换的保存液能够提供一定的营养，因此事实上大脑也同样长存不朽。

"总之，我衷心希望您能决定跟随埃克利先生和我的脚步。来访者渴望能认识您这样学识渊博的人，也愿意向这些人展示我们只能在无知虚妄中梦想的无尽深渊。第一次与它们见面也许会感觉很怪异，但我知道您不会在意这种情绪。我认为诺伊斯先生也会去，您无疑是他开车送来的，对吧？他早在多年前就加入了我们，您大概已经认出他的声音也在埃克利先生寄来的那张唱盘里。"

我的反应过于激烈，说话者停顿片刻才继续下去。

"所以，威尔玛斯先生，我把选择权交给您了。容我最后补充一句，像您这么热爱怪异事物和民间传说的学者，绝对不该错过这么宝贵的机会。没有什么值得害怕，转变过程毫无痛楚，完全机械化的感知状态会让您享受无数乐趣。电极断开后，我们只会坠入栩栩如生和美好虚幻的梦境之中。

"好了，假如您不介意的话，我们明天再继续谈话吧。晚安——将所有旋钮都拧到最左边，顺序无所谓，不过最好把透镜机器留到最后。晚安，埃克利先生——好好款待我们的客人！现在可以关闭开关了。"

就这样，我机械地听从命令，关闭三个开关，然而精神恍惚，不敢相信刚才发生的一切。我的头脑依然一片混乱，听见埃克利用嘶哑的声音叫我把所有机器都留在桌上就好。他没有评论刚才发生的事情，事实上任何评论都很难传进我已经饱和的感官。我听见他说可以把油灯带回我的房间，据此推断出他想单独在黑暗中休息。他也确实该休息了，因为从下午到晚上的讲演足以耗尽一个健康人的精力。我的神志依然模糊，向主人道了晚安，尽管口袋里装着方便的手电筒，但还是拎着油灯上楼去了。

能离开怪味弥漫、隐约震颤的书房让我很高兴，不过依然无法摆脱夹杂着恐怖、畏惧和极度怪异的可怕感觉，因为我想起这是一个什么样的地方，我遭遇的是一股什么样的势力。这个偏僻荒凉的地区，巍然耸立的黑色山坡，如此接近农舍的神秘森林，路面上的脚印，黑暗中一动不动的身影，嘶哑的低语声，噩梦般的圆筒和机器，邀请我接受怪异的手术和更怪异的虚空旅行——这么多的事情接连扑向我，每一件都那么陌生和突然，压力逐渐累积，腐蚀我的意志，几乎掏空了我的体力。

得知向导诺伊斯就是录音中那场魔筵仪式上的人类主持者，这一点尤其让我震惊，不过先前我已经觉察到他的声音有些令人厌恶地耳熟了。另一点让我格外震惊的是我对屋主的观感，每次我放下其他念头，仔细分析，都会产生同样的情绪。与埃克利通信时，我本能地喜欢文字所展现出来的那个人，但现在他却让我的内心充满了确切无误的厌恶感。他的病况本该激起我的怜悯，实际上却让我毛骨悚然。他的身体那么僵硬，毫无生气，像一具尸体，而那持续不断的低语声又那么可憎，完全不像人类！

我忽然想到，这个低语声与我听到过的任何说话声都不一样。尽管说话者被胡须遮挡的嘴唇极为怪异地一动不动，但其中蕴含着的力量和表达能力却强得惊人，不像是哮喘病患呼哧呼哧的喘息。就算隔着整个房间，我也能听清他在说什么，有那么一两次，我觉这个微弱但有穿透力的声音并不虚弱，而是刻意压低了嗓门——出于什么原因，我无从猜测。从一开始我就从这个音调中觉察到了令人不安的特质。此刻回头再想，我似乎能从这种印象追溯到潜意识内的某种熟悉感，也正是类似的熟悉感让诺伊斯的声音显得隐约有些不祥。但我究竟在何时何地遇到过这种感觉所指向的东西，就不是此刻说得清的了。

有一点我敢肯定，那就是绝不会多待一晚。对科学的热忱已经在恐惧和厌恶中消失得无影无踪，现在我只想逃离病态恐怖与反常揭示织成的罗网。我知道的已经够多了。宇宙间的联系确实有可能存在，但普通人类绝对不能随便涉足。

邪恶的影响似乎围绕着我，令人窒息地压迫我的感官。睡觉是断无可能了，因此我只是熄灭了油灯，没脱衣服就躺在床上，右手握着随身带来的左轮手枪，左手握着便携手电筒。楼下鸦雀无声，我能够想象埃克利坐在黑暗中，身体僵硬得像一具尸体。

我听见某处传来钟表的嘀嗒声，这一丁点正常的声音让我心怀感激，也提醒着我另有一件事情让我惶恐不安，那就是完全没有任何动物。我本来就知道附近没有家畜,而此刻我意识到连野生动物在夜间弄出的熟悉声音也完全不存在。除了远处不可见的溪流发出险恶的潺潺水声,这份死寂怪异得仿佛星际间的沉默之地。笼罩这片土地的究竟是来自星空的什么无形瘟疫呢?我记得在古老传说中,狗和其他动物总是憎恨外来者,我再次想到公路上的痕迹到底会有什么含义。

## -8-

最终我还是意外地陷入沉睡,请不要问我睡了多久,也不要问接下来的事情有多少仅仅是梦境。假如我说,我在某个时刻醒过来,听见和看见了一些事情,你大概会说我其实没有醒来,所有事情都是一场梦,直到我冲出农舍,跌跌撞撞地跑向停着旧福特的车棚,跳上那辆老爷车,疯狂而漫无目的地在怪物出没的群山中疾驰了几个小时,颠簸着蜿蜒穿过森林迷宫,终于来到一个村庄,停车后我才知道那里就是汤申德。

你当然也会怀疑我讲述的其他所有事情,认为照片、唱盘、圆筒与机器发出的声音和类似证据只是已告失踪的亨利·埃克利对我实施的欺骗。你甚至会说他和另外几个怪人精心策划的无聊骗局:他本人在吉恩取走了交运包裹,请诺伊斯录制了那张可怕的唱盘。然而奇怪的是,诺伊斯的身份到今天也未能得到确认。埃克利住所附近的村庄里没有任何人认识他,但他肯定经常造访这个地区。真希望我当时记住了他的车牌号码——当然,也许我没有记住反而更好。因为无论你们怎么说,无论我有时候怎么对自己说,我都知道那些可憎的外来势力就潜伏在人迹罕至的群山中,也知道那些势力在人类世界中安插了间谍和使者。在我的余生之中,我只想尽可能远离那些势力和它们的使者。

我荒谬的故事使得治安官派出搜索队前往埃克利家,但埃克利早已消失得无影无踪。他宽松的晨袍、黄色头巾和裹腿绷带扔在书房安乐椅旁的地上,但他是否带走了其他衣物就很难说了。狗和家畜确实不见了,农舍外墙和部分内墙上都有可疑的弹孔,但除此之外找不到其他异样之处。没有找到圆筒和连接圆筒的机器,没有找到我用行李箱带来的证据,没有找到古怪的气味和震颤的感觉,没有找到公路上的脚印,也没有找到我逃跑前窥见的怪异东西。

逃出埃克利家之后,我在布莱特尔博罗住了一周,询问形形色色认识埃克利的人,结果终于被迫相信,这些事情绝非梦境或幻觉的产物。埃克利可疑地购买过狗、弹药和化学品,电话线曾被割断,这些都有据可查。而所有认识他的人,包括他在加州的儿子在内,都承认他对怪异事物研究的评点自有其一致性。体面的镇民都认为他疯了,毫不犹豫地宣称所谓证据全都出自癫狂而狡诈的伪造,说不定他还有几个同样不正常的共谋者。但受教育较少的山野村夫却支持他陈述的每一个细节。他向一些乡下人展示过照片和黑色岩石,播放过那张可怖的唱盘,他们都说照片中的脚印和嗡嗡的声音很符合古老传说中的描述。

他们还告诉我,自从埃克利发现那块黑色岩石后,出现在他家周围的可疑景象和声音就越来越多。除了邮政人员和心志坚定的胆大之徒,现在谁也不敢靠近那里。黑山和圆山都是恶名在外的邪异地点,我找不到任何仔细勘探过这两个地方的人。本区的历史记录上有许多起居民失踪的案件，埃克利在信中提到过的半游民沃尔特·布朗现在也加入了失踪者的行列。我甚至找到了一位农夫，他认为在西河发洪水的时候他见到过一具怪异的尸体，但他的陈述过于混乱，缺乏真正的价值。

离开布莱特尔博罗时，我下定决心不会重返佛蒙特，且十分确定能坚持住自己的决心。那些荒僻山岭肯定是可怕的宇宙种族的前哨基地，读报时我验证了那些势力曾经的预言，海王星外发现了第九行星，我的怀疑就更加减少了。天文学家为它起名叫"冥王星"，他们自己都不知道这个名字有多么贴切。我认为它无疑就是黑暗笼罩下的犹格斯。那里的恐怖居民为什么要选择这个时候让我们知道它的存在呢？这个问题我一思考就会胆战心惊。我想说服自己，那些恶魔般的生物并非对地球上的普通居民逐步施行什么有害的新政策，但怎么也没法让自己相信。

我终究还是要说出农舍里那个恐怖夜晚的结局。如前所述，我最后在不安之中陷入了昏睡。支离破碎的梦境中，恐怖的地貌一闪而过，很难说清究竟是什么惊醒了我，但在接下来的那个时间点上，我可以肯定自己是醒着的。昏昏沉沉中，我感觉门外的走廊地板发出了鬼鬼祟祟的咯吱声，随后有什么东西笨拙地摆弄外面的门锁。但这些声音几乎立刻就停止了，等我恢复正常的感官后，首先听见了楼下书房里传来的交谈声。说话的人不止一个，根据我的判断，他们正在争论什么。

听了几秒钟我就完全清醒了，因为那些声音的特点使得睡觉这个念头显得荒谬可笑。它们的怪异音调各自不同，只要听过那张该诅咒的唱盘，就可以毫无疑问地辨别出其中至少两个声音的特点。恐怖的念头涌入脑海，我知道我正和来自深渊空间的无名生物同处于一个屋檐下，因为这两个声音肯定就是外来者与人类交流时使用的亵渎神灵的嗡嗡声。两个声音的主人有着个体差异，体现在音高、重音和速度上，但都属于同一个可憎的种类。

第三个声音无疑是圆筒里的离体大脑连接机械发声装置后发出的声音。就像嗡嗡声不可能听错一样，这个带着金属质感、没有生命的响亮声音，这个欠缺抑扬顿挫和感情的刺耳声音，这个精确而从容的无人性声音，自昨晚我听过之后就不可能忘记。刚开始我怀疑这个刺耳声音的背后也许不是先前和我交谈过的那个圆筒里的大脑，但随后想到，只要连上相同的机械发声装置，所有大脑都会发出相同的声音，唯一可能不同的是语言、节奏、语速和发音。在这场怪异的交谈中，也能听到两个真正人类的声音，其中一个我没印象，用词粗鲁，显然是个乡下人，另一个文雅的波士顿嗓音属于昨天下午的向导诺伊斯。

我拼命想听清他们在说什么，但厚实的地板令人沮丧地隔绝了大部分声音。另一方面，我还意识到楼下房间里传来大量挪动、刮擦和曳步声，不免让人觉得书房里充满了活物，比发出声音的这几个要多得多。那种挪动声实在太难形容，因为几乎找不到可供对比的类似声音。似乎拥有意识的物体不时在房间里活动，那种落脚声像是松脱的坚硬表面碰撞出的咔嗒咔嗒声，例如粗糙兽角或硬橡胶之间的摩擦接触。打一个比较形象但不太准确的比方，就好像人穿着宽大而多刺的木鞋在抛光地板上蹒跚而行。至于究竟是什么东西发出了那些声音，我连想都不敢想。

没过多久，我意识到根本不可能分辨清楚任何连贯的发言。包括埃克利和我名字在内的单独字词偶尔浮现，尤其是在机器发声装置说出的话里，但缺乏关联的上下文，它们的真实含义实在无从得知。如今我更是不愿意根据这些字词推测完整的意思，哪怕我能得到的顶多只是模糊的暗示而非真相。我敢肯定脚下正在召开一场恐怖而反常的秘密会议，但商讨的究竟是什么样骇人的议题就不得而知了。尽管埃克利向我保证过外来者的友善，但奇怪的是，我依然感觉到了恶意和邪异的气氛笼罩了我。

我耐心地谛听着，渐渐分清了那几个不同的声音，不过还是听不清它们说的绝大多数内容。我似乎捕捉到了一些发言者特定的情感模式，比方说，有一个嗡嗡声带着毋庸置疑的权威感，机械声音尽管在人工手段下显得响亮而规则，可似乎处于从属和恳求的位置。诺伊斯的语气里有调解的味道。另外几个声音就无暇分析了。我没有听见埃克利那熟悉的嘶哑低语声，但我很清楚那样一个声音无法穿透结实的地板。

下面我将试着写下听见的一些支离破碎的词句和其他声音，

尽我所能标出发言者的身份。首先从发声机器的发言中听清了几个短语。

---

（发声机器）

████我自己惹来的麻烦████退回信件和唱盘████了结事情████接纳████看见和听见████该死████无人格的力量,毕竟████崭新的圆筒████我的天████

（第一个嗡嗡声）

████我们该停下████渺小和人类████埃克利████大脑████说████

（第二个嗡嗡声）

████奈亚拉托提普████威尔玛斯████录音和信件████拙劣的骗局████

（诺伊斯）

████（难以发音的单词或名字,大致是恩加—克颂████）无害████和平████几个星期████戏剧性的████早就告诉你们了████

（第一个嗡嗡声）

████没有理由████原始计划████效果████诺伊斯可以监视████圆山████新的圆筒████诺伊斯的车████

（诺伊斯）

129

■■好的■■都是你的■■在这里■■休息■■地方■■

（几个声音同时说话，无法分辨）

（许多脚步声，包括那种特殊的挪动声或咔嗒咔嗒响声）

（奇怪的振翅声）

（汽车发动，开远）

（寂静）

---

　　大体而言，这就是我的耳朵捕捉到的内容。恐怖山岭间的诡异农舍里，我僵硬地躺在二楼的陌生床铺上，没有脱衣服，右手握着左轮手枪，左手握着便携手电筒。如前所说，我已经彻底清醒过来，但在那些声音的最后一丝回声也早已消逝之后，难以言喻的瘫痪状态依然让我无法动弹。我听见楼下远处有一尊康涅狄格木钟发出精确的嘀嗒声，然后慢慢分辨出一个沉睡者不规则的鼾声。经过那场奇异的会议，埃克利终于睡着了，我敢肯定他也确实需要休息。

　　但是，应该怎么打算和做些什么，这不是我能立刻决定的。说到底，比起根据先前得到的信息得出的结论，我听到的东西难道有什么不同吗？我难道不是早就知道未知的外来者已经可以自由出入这幢农舍了吗？它们这一趟来得很突然，埃克利无疑也有些吃惊。然而，对话片段中有些什么东西让我感到了彻骨的寒意，激起了最怪异和恐怖的疑问，使得我强烈地希望自己会陡然惊醒，证明刚才这一切只是一个梦。我的潜意识肯定捕捉到了主观意识尚未觉察到的什么东西。但埃克利呢？他难道不是我的朋友吗？假如我有可能受到伤害，他难道不会保护我吗？楼下传来阵阵平静的鼾声，像是在嘲笑我突然加剧无数倍的恐惧。

埃克利有没有可能受到了欺骗，作为诱饵吸引我带着信件、照片和唱盘来到深山之中？那些生物会不会因为我和埃克利知道得太多，所以打算一次性消灭我们两个人呢？我再次想到埃克利在写倒数第二封信和最后一封信之间的那段时间里究竟发生了什么，从而导致情况发生了突兀而超乎寻常的转折。本能告诉我，有些事情非常不对劲，一切都和表面上不一样。我没有喝餐桌上的咖啡，因为那咖啡有一股辛辣味——会不会是某个隐匿未知的生物在咖啡里下了药？我必须立刻找埃克利谈一谈，让他清醒过来。外来者允诺向他揭示宇宙的奥秘，将他迷得神魂颠倒，但现在他必须听从理性的召唤。我们必须在还来得及的时候脱身离去。假如他没有足够的意志力争取自由，我可以帮他一把。即便我无法说服他离开，至少也能独自逃跑。他肯定会允许我借用他的福特车，到布莱特尔博罗后留在某个存车房里。先前我已经注意到那辆福特就在车棚里，车棚没有锁门，因为他认为危险已经过去了。那辆车应该做好了随时上路的准备，我在晚间谈话时和谈话后对埃克利短暂地产生过厌恶感，但此刻已经全然消散。他的处境和我差不多，我们必须团结一致。我知道他的身体不舒服，很不情愿在这个时候叫醒他，但我必须这么做。按照目前的情况来看，我绝对不能在这里待到早晨。

我感觉终于能够行动了，便使劲舒展身体，夺回对肌肉的控制权。我小心翼翼地起身——更多是出自本能而非意愿——找到帽子戴好，拎上行李箱，借着手电筒的光柱下楼。我紧张极了，右手紧握左轮手枪，左手同时抓着行李箱和手电筒。我也不知道为什么要如此提心吊胆，因为我只是去叫醒这幢房屋里除我之外的唯一一名居住者而已。

我踮着脚尖走下吱嘎作响的楼梯，来到底层的门厅，鼾声变得更清晰了，我发现他应该在左边的那个房间里，也就是我没有进去过的客厅。先前传来交谈声的书房在我的右边，此刻一片漆黑。客厅的门没有上锁，我轻轻推开它，依靠手电筒走向鼾声的源头，光柱最后落在沉睡者的脸上。我连忙熄灭手电筒，像猫一样无声无息地退回门厅，此刻我表现出的谨慎不但出于本能，也同样来自理性，因为躺在沙发上睡觉的根本不是埃克利，而是我的向导诺伊斯。

真实的情况究竟是怎么样的？我无从猜测，但常识告诉我，最安全的做法就是在吵醒任何人之前先尽可能地查明原委。回到门厅之后，我悄无声息地关上客厅的门，顺便插上插销，这样就会减少吵醒诺伊斯的可能性。我小心翼翼地走进黑洞洞的书房，以为会在屋角的安乐椅里找到埃克利——也许睡着了，也许还醒着——因为那里显然是他最喜欢的休憩地点。我一步一步向前走，手电筒的光柱落在中央大桌上，照亮了一只可怕的圆筒，它连接着视觉和听觉机器，发声机器放在旁边，随时都可以连接上。我心想，这肯定就是刚才那场恐怖会议中说过话的离体大脑。我有一瞬间产生了一种邪恶的冲动，想给它连上发声机器，听听它会说些什么。

我认为它肯定注意到了我的出现，因为视觉机器无疑会觉察到手电筒的光束，而听觉机器不可能捕捉不到我脚下轻微的吱嘎声响。但直到最后我也没有提起勇气去摆弄那些东西。我在不经意间看见这就是标注着埃克利名字的那个崭新圆筒，昨晚早些时候我曾在架子上看见过，而屋主请我不要碰它。此刻回顾当时，我很后悔自己的胆怯，希望能勇敢地让它和我交谈。上帝才知道它会吐露什么样的秘密，澄清有关身份的可怖疑问！但话也说回来，我没有去打扰它也许反而是个仁慈的决定。

我将手电筒从大桌转向那个角落，以为会看见埃克利的身影，却困惑地发现那张安乐椅上空无一人。那件熟悉的旧晨袍从座位垂到了地面上，旁边的地上扔着那条黄色头巾和早些时候我觉得很奇怪的绑腿绷带。我犹豫不决，努力猜测埃克利有可能去了哪儿，为什么在忽然之间脱掉了必不可少的病号服。这时我注意到房间里的怪味和震颤感都消失了。这两者究竟从何而来呢？我突然想到一件奇怪的事情，那就是它们只出现在埃克利的周围，尤其是他的座位附近最为强烈，而除了他所在的房间和门口，到其他地方就完全感觉不到了。我站在原地，漫无目的地让光柱在黑暗的书房里游荡，绞尽脑汁地寻求这些事情的合理解释。

上帝啊，我真希望能就这么安安静静地离开这里，而不是让光柱再次落在空荡荡的安乐椅上。可事实上我没有悄无声息地离开，而是捂着嘴发出了一声尖叫，这声尖叫肯定惊扰了门厅另一侧沉睡的哨兵，不过还好没有吵醒他。跨宇宙的恐怖笼罩着荒僻的苍翠群山和悄声诅咒的溪水，那恐怖的汇聚之处是这座诡异山峰覆盖着密林的山巅，在它脚下这幢充满恐怖的农舍里，我听见的最后的声音就是自己的一声尖叫和诺伊斯不曾中断的鼾声。

真是奇迹，我在慌忙逃跑中没有扔掉手电筒、手提箱和左轮手枪，居然没有舍弃它们中的任何一件。我没有再弄出任何声音，悄悄溜出书房和那幢屋子，拖着我的身体和随身物品钻进车棚里的旧福特，驾着这辆老爷车驶进漆黑的无月之夜，逃向某个未知的安全地点。接下来的那一程像是出自爱伦·坡或兰波之手或多雷之笔的狂乱作品，好在最后我还是到达了汤申德。就是这样。假如我的神智依然健全，那就是我的幸运。有时候我还是害怕岁月会带来什么后果，尤其是在冥王星这颗新行星如此离奇地被发现之后。

如我所说，我转动手电筒，光束在书房里巡游一圈后，又落回空荡荡的安乐椅上。就在这时，我第一次看清了座位上的某些物品，就在宽松的晨袍旁边，所以不太显眼。物品共有三件，但后来登门调查的人员没能找到它们。就像我在一开始说过的，它们看上去并不恐怖，可怕的是会让你联想到什么。即便是现在，有些时候我还是会怀疑自己，而每当这种时刻，我会部分地接受怀疑论者的看法，将我的全部经历归咎于噩梦、精神错乱和妄想症。

那三件物品的构造精致得该受诅咒，配备了小巧的金属夹，可以附着在某些有机生命体上，但我不敢想象那些生命体究竟是什么。无论我内心深处的恐惧怎么说，我都希望，衷心地希望，它们只是艺术大师制作的蜡质作品。万能的上帝啊！那黑暗中的低语声，那可怕的气味和震颤感！巫师、信使、变形者、外来生物……压抑着的可怖的嗡嗡声……始终放在架子上那个崭新圆筒里的东西……彻底的邪恶……"卓越的外科学、生物学、化学和机械学手段"……

因为安乐椅上的三件物品——每一个细节都栩栩如生，相似得惟妙惟肖，禁得住显微镜的检验，甚至有可能就是原物——是亨利·温特沃斯·埃克利的脸和双手。

# 自彼界而来

本人挚友克劳福德·蒂林哈斯特的变化恐怖得超乎想象。两个半月前的那一天，他告诉我他的物理学和玄学研究到底要通向什么目标，我满怀畏惧甚至几近惊恐地劝诫他，结果他的反应是在狂怒中将我赶出实验室和他的家门，从那以后我就再也没有见过他。但我知道他近来差不多每时每刻都把自己关在阁楼上的实验室里，陪着那台该诅咒的电子机器，吃得很少，连仆人都不准进去，然而我依然没有想到，短短十周竟有可能如此彻底地改变和毁坏一个人。眼看着一个健壮肥胖的男人突然瘦下来已经足以令人不快，而看到松弛的皮肤发黄泛灰、深陷的眼窝被黑眼圈包围、眼睛里闪着怪诞的光芒、暴出青筋的额头皱纹丛生、震颤的双手不时抽搐，我的心情就更加难过了。再加上可憎的邋遢肮脏、乱七八糟的衣着、根部透出白色的蓬乱黑发、以往刮得干干净净的面颊爬满未经修剪的白胡须，最终的结果委实让我惊骇。我被他驱逐出门十周后，他的一张前言不搭后语的字条引着我又来到他家门口，再次出现在我眼前的克劳福德·蒂林哈斯特就是这副模样。也正是这个鬼影手持蜡烛，颤抖着请我进屋，不时扭头偷瞄，像是在躲避仁善街这座孤独古宅里的某些隐形怪物。

克劳福德·蒂林哈斯特研究科学与哲学从一开始就是个错误。这些知识应该留给性格冷淡而客观的探求者，因为它们只会给情感丰富而激烈的人两个同等悲剧的选择：不是由于失败而绝望，就是在成功后直面无法描述也无法想象的恐怖。蒂林哈斯特曾经是失败的牺牲品，活得孤独而忧郁。而现在，我心里的厌恶和害怕告诉我，他已经沦为成功的盘中餐。十周前，他突然道出自己感觉即将发现什么的时候，我真真切切地警告过他。当时他兴奋得面红耳赤，说话的声音高亢而不自然，但依然透着一贯的学究气。

"对我们身边的世界和宇宙，"他是这么说的，"我们究竟了解什么呢？我们的感知手段少得可笑，对周围实在的认识狭隘得近乎于零，只能按我们被构造的方式观察事物，对事物的真正本质却毫无概念。我们拥有五种贫弱的感官，自以为能理解这个无穷复杂的宇宙。而另一些生命，它们的感官更广阔、更强大，甚至拥有完全不同的感知域，不但见到的事物与我们有着天壤之别，而且或许能够见到和研究虽然近在咫尺但人类感官无法觉察到的其他世界内的物质、能量和生命。我向来相信这种难以触及的奇异世界就存在于我们身旁，现在我认为我已经找到了打破屏障的办法。这不是开玩笑。二十四小时内，试验台旁的那台机器就将产生一种波，它作用于我们体内某些被认为已经萎缩或退化的不明感觉器官，能为我们展开许多不为人类知晓的图景，有些图景甚至不为任何有机生命所知晓。我们将看见黑夜中的狗究竟对着什么吠叫，午夜后的猫到底为了什么竖起耳朵。我们将看到这些事物，也将看到没有任何活物曾经见过的其他事物。我们将跨越时间、空间和维度，不需要挪动肉身就能窥视造物的初始。"

蒂林哈斯特说出这番话的时候，我曾劝诫过他。我非常熟悉他，因此我并不觉得好笑，而是深感不安。可他这个狂热分子，将我赶出了家门。他现在依然很狂热，只不过诉说欲克服了厌恶感，他用命令的口吻写了张字条给我，笔迹潦草得只能勉强看清。此刻我走进这位朋友的住处，看见他如此突然地变成了一个瑟瑟发抖的怪人，仿佛潜伏于所有黑影中的恐怖渐渐感染了我。十周前的那些话和他表达的那些理念，似乎在小小一圈烛光外的黑暗中纷纷显形，屋主那空洞而异样的说话声让我心生嫌恶。我希望能见到他的仆人，但他说他们三天前全都走了，我不怎么喜欢这个消息。老格里高利不通知我这么靠得住的朋友就离开主人，这似乎有些不合情理。自从蒂林哈斯特在暴怒中赶走我之后，关于他的所有消息都是老格里高利告诉我的。

然而，我的全部恐惧很快就屈服在了越来越强烈的好奇和着迷之下。克劳福德·蒂林哈斯特现在要从我这里得到什么，我只能妄自猜测，但他有一些惊人的秘密或发现想告诉我，这一点毋庸置疑。早先我不赞成他违反自然去窥探无法想象之物，但既然他似乎已经取得了一定的成功，我也几乎能够分享他巨大的激情了，尽管成功的代价已经显现出来。我跟着这个脱形、颤抖的男人手里跃动的烛光，在黑暗而空旷的屋子里向上走。电力似乎被切断了，我问我的引路人，他说这么做有着特定的原因。

"那样会太越界的……我不敢。"他继续喃喃道。我注意到了他喃喃自语的新习惯，因为他并不是喜欢自言自语的那种人。我们走进阁楼的实验室，我看见那台可憎的电子机器发出病恹恹的不祥紫色辉光。机器连接着大功率的化学电池，但似乎没有在接收电流，因为我记得在实验阶段，机器运行时会发出噼啪声和呜呜声。蒂林哈斯特嘟嘟囔囔地回答我的疑问，说那种持续不变的辉光无论从任何意义上说，都不是我能理解的电学现象。

他让我在右手边机器附近坐下，然后拨动机器顶端一簇玻璃球体下某处的一个开关，熟悉的噼啪声重新响起，渐渐变成呜呜声，最终转为柔和得像是要重归寂静的嗡嗡声。与此同时，辉光慢慢增强，而后黯淡下去，接着变成某种苍白而怪诞的颜色，更确切地说是我无法说清也不能形容的几种颜色的混合体。蒂林哈斯特一直在观察我，注意到了我的困惑神情。

"你知道这是什么吗？"他压低嗓门说，"这是紫外光。"看见我吃惊的样子，他发出古怪的嗤嗤笑声，"你以为紫外光是看不见的，事实上也确实如此，但你现在能看见它了，还能看见其他许多不可见的东西。

"你听我说！那机器发射出的波能唤醒我们身体里一千种沉睡的感官，是几百万年间从离散电子到有机人类的进化给我们留下的感官。我已经见到了真相，我想让你也看一看。你能想象真相是什么样的吗？我来告诉你。"蒂林哈斯特在我对面坐下，吹灭蜡烛，用可怖的眼神望着我的双眼，"你现有的感官——我认为首先是耳朵——会捕捉到许多模糊的印象，因为耳朵与沉睡器官的关系最紧密。然后是其他感官。你听说过松果体吗？我要嘲笑浅薄的内分泌学家，还有他们愚蠢的同道中人，暴发户弗洛伊德主义者。我已经发现，松果体是感觉器官里最重要的一个。说到底，它就像视觉，将可见的图像传进大脑。假如你身体正常，你主要就是通过这个方式得到信息的……我指的是来自彼界的绝大多数信息。"

我环顾倾斜南墙下的宽敞阁楼，寻常眼睛看不到的光线朦胧地照亮这里。远处的墙角全被阴影笼罩，整个房间都有一种模糊的不真实感，遮蔽了它的本质，激发想象力走向象征和幻觉。蒂林哈斯特沉默良久，在这段时间内，我幻想自己来到了某座巨大得难以置信的神殿，供奉的神祇早已消逝。隐约的殿堂里，不计其数的黑色石柱从脚下的潮湿石板拔地而起，伸入我视野之外的云霄高处。这幅画面有一会儿非常清晰，但渐渐被另一种更加恐怖的感觉替代：彻底而决然的孤寂，仿佛置身于什么都看不见、听不见的无穷空间之内。这里似乎只有虚无，仅仅是虚无，而我害怕得像个孩子，恐惧驱使我抽出了裤子后袋中的左轮手枪。自从某晚我在东普罗维登斯遭抢后，每逢天黑出门我就随身携带武器。这时，从最遥不可及的远方，那种声音悄悄地进入了现实。它无比微弱，几不可察地颤动着，拥有明白无误的音乐感，但又蕴含着异乎寻常的癫狂，带来的感觉就像在用精确的手段折磨我的整个躯体。那体验像是一个人不小心抓挠毛玻璃时的触感。与此同时，某种类似寒冷气流的东西渐渐出现，似乎就是从那遥远声音的方向朝我吹来。我屏住呼吸等待，感觉到声音和冷风都在慢慢加强，使得我产生了古怪的想法，好像我被绑在铁轨上，庞大的火车头正在驶近。我忍不住开始对蒂林哈斯特说话，刚一开口，这些非同寻常的感觉陡然消失。我眼前只有一个男人、发光的机器和影影绰绰的房间。蒂林哈斯特朝我下意识拔出的左轮手枪露出令人厌恶的笑容，从他的表情我看得出，他也见过和听过我见到和听到的那些东西，而且肯定只多不少。我悄声说出我的体验，他命令我尽可能地保持安静，敞开感官。

"不要动，"他提醒我，"因为在这种光线中，我们能够看见，但也能够被看见。我说过仆人都走了，但我没有说他们是怎么走的。都怪那个没脑子的管家，她无视我的警告，打开了楼下的电灯，电线于是开始共振。情形肯定很可怕，我从楼上都能听见他们的惨叫，后来我在屋里各处发现了一堆又一堆衣服，只有衣服，没有人，那可真是太恐怖了。厄普代克夫人的衣服离前厅的电灯开关不远，所以我才知道她做了什么。他们所有人都被掳走了。但只要静止不动,我们就应该是安全的。记住,我们涉足的是个异常怪异的世界,在那里我们没有任何反抗能力……千万别乱动!"

他揭示的真相和突如其来的命令让我震惊得无法动弹,在恐惧之中,我的精神再次敞开大门,迎接来自蒂林哈斯特称之为"彼界"的幻象。此刻我置身于声音和运动构成的旋涡之内,眼前全都是混乱的图像。我看见阁楼的模糊轮廓,而无法辨识的形状或烟雾犹如沸腾的柱体,从空间中的某个点倾泻而出,穿透了我前方和右侧的坚实屋顶。紧接着我又见到了那座神殿,而这次我见到廊柱伸进天空中一片光芒的海洋,光海沿着先前那条烟雾廊柱射出一道炫目的光芒。这一幕过后,我像是坠入了万花筒,在杂乱无章的景象、声音和无法辨识的感官印象之中,我觉得自己即将分崩离析,以某种方式失去物理形体。有个一闪而过的景象是我永远不可能忘记的。在那一瞬间,我似乎见到了一片怪异的夜空,天空中充满了不停旋转的闪亮球体,就在这个景象消散的时候,我看见耀眼的恒星构成一个有着确定形状的星座或星群,而这个形状就是克劳福德·蒂林哈斯特变形的面容。另一个时刻,我感觉到巨大的物体与我擦身而过,偶尔走过或飘过我应该是实体的肉身,我认为我看见蒂林哈斯特望着它们,就好像他磨炼得更好的感官能捕捉到它们的影像。我回忆起他提到的松果体,很想知道他那只超自然的眼睛究竟见到了什么。

忽然间,我自己也拥有了某种增强的视觉。在那发光而又暗影憧憧的混沌之外，上升起了一幅画面，虽然模糊，却拥有特定的连贯性和持续性，事实上还有点眼熟，因为叠加在普通的世俗景象上的不寻常事物就像投射在影院幕布上的电影画面。我看见了阁楼实验室，看见了那台电子机器，看见了我对面蒂林哈斯特难看的模样。而没有被熟悉事物占据的空间却没有哪怕一丁点是空置的。难以描述的无数形体——也许是活的，也许不是——混合成恶心的纷乱团块，每一件熟悉物体的周围都有无数个群落的未知异物。就仿佛所有熟悉的事物忽然掉进了未知异物构成的宇宙，反之亦然。在那些活物里，最外层的是一些颜色漆黑、状如水母的巨型怪物，柔软的身体随着机器的震动微微颤抖。它们的数量多得可怕，我惊恐地发现这些半流体的生物互相交叠，能够穿透彼此的身体和我们认为是固体的表面。这些怪物动个不停，怀着某种邪恶的目的飘来飘去，有时候似乎会相互吞噬，进攻者扑向受害者，后者随即从视野中彻底消失。我不禁颤抖，觉得似乎知道了是什么抹杀了那些倒霉的仆人，无论我多么努力地去观察这个存在于我们身旁的不可见的世界，都无法将那个画面赶出脑海。蒂林哈斯特一直看着我，此刻他终于开口了。

"你看见它们了吗？看见了吗？你看见那些东西了吗？它们每时每刻都在你的四周和身体内飘浮和翻腾。你看见那些生物了吗？它们构成了人们所谓的纯净空气和蓝色天空。我难道没有成功地打破障碍吗？我难道没有向你展示其他活人从未见过的迥异世界吗?"我在恐怖的混沌中听着他的嘶喊,看着他那张狂躁的面容伸到了让人不适的近处。他的双眼仿佛烈火深渊,怀着压倒一切的仇恨死死地盯着我。那台机器依然在可憎地嗡嗡运转。

"你以为那些蠕动的东西抹杀了仆人吗?愚蠢,它们是无害的!但仆人确实消失了,对不对?你企图阻止我,在我最需要哪怕一丝一毫鼓励的时候,你竟然泼我冷水。你害怕宇宙的真相,该死的懦夫,但现在我逮住你了!是什么抹杀了仆人?是什么让他们惨叫得如此响亮?……不知道,对吧?你很快就会知道了。看着我!听清楚我的话!你以为真的存在时间和量级这样的东西吗?你以为存在形态和物质这样的东西吗?我告诉你,我达到了你的小脑袋永远无法想象的深度。我见到了无垠永恒的界限之外,从群星引来的魔鬼……我能驾驭阴影,它们在世界与世界之间穿梭,散播死亡和疯狂……空间属于我,你听见了吗?那些东西在追捕我,就是吞噬和瓦解仆人的东西,但我知道该怎么避开它们。而它们会逮住你,就像逮住仆人一样……激动吗,亲爱的先生?我说过不要乱动,乱动很危险,我命令你不要动就是在救你的命……让你目睹更多景象,听我说这些话。你要是敢乱动,它们立即会扑向你。别担心,它们不会伤害你。它们不会伤害仆人——那些可怜的小魔鬼,之所以惨叫是因为他们见到的东西。我的宠物并不美丽,因为它们来自审美标准完全不同的其他地方。身体瓦解没什么痛苦,我向你保证——但我要你看见它们。我曾经险些见到它们,但我知道该怎么停下。你好奇吗？我早就知道你算不上科学家。颤抖了吗？是不是急着想看见我发现的终极魔物，所以才抖成这样的？那么，你为什么不动一动呢？是因为太累了吗？哈，别担心，我的朋友，因为它们来了……看，快看，该死的，快看啊……就在你的左肩上……"

接下来能说的事情非常简单，您要是读过报纸，大概早就知道结局了。警察听见蒂林哈斯特老宅里传来枪声，冲进来后发现了我们——蒂林哈斯特已经死去，我则不省人事。警察逮捕了我，因为我手里握着左轮手枪，但三小时后我就被释放了，因为他们发现蒂林哈斯特死于中风，而我那一枪瞄准的是那台可憎的机器。子弹打烂了机器，残骸毫无用处地散落在实验室的地板上。关于我究竟见到了什么，我没有说得太多，因为我害怕验尸官会起疑心。但听完我避重就轻的陈述，医生说我肯定是被那个怀恨在心的嗜血狂人催眠了。

真希望我能相信医生的结论，这样就能安抚我紧张的神经了，打消我每次看见头顶和周围的空气和天空时浮现在脑海里的念头。我再也体会不到独处和舒适的感觉，遭到追捕的可怖感觉时常在我疲倦时令人毛骨悚然地袭来。让我无法相信医生的结论的原因很简单：警察始终未能找到据称被克劳福德·蒂林哈斯特杀害的仆人的尸体。

# 神　殿 （发现自尤卡坦海岸的手稿）

1917年8月20日，本人卡尔·海因里希，阿尔特贝格—埃伦斯泰因伯爵，德意志帝国海军少校，潜艇U-29的指挥官，将装有此日志的漂流瓶投于大西洋之中，具体位置不明，大约在北纬20度、西经35度附近。本艇失去动力，搁浅在洋底。我这么做是为了让某些非同寻常的事实公之于众，而本人无论如何也不可能存活下来，亲自完成这件事情了，因为我所处的环境诡异而险恶，不但使得U-29受到致命伤害，也以最惨痛的方式磨灭了我日耳曼人钢铁般的意志力。

6月18日下午，正如本艇通过无线电向驶往基尔的U—61所报告的，我们的鱼雷于北纬45度16分、西经28度34分击沉了从纽约驶往利物浦的英国货轮"胜利号"。我们允许船员乘救生艇离开，为海军部档案留下光彩的影像记录。货轮以壮观之姿沉没，船头首先入水，船尾高高升出水面，垂直地沉向海底。我们的摄影机拍下了全部画面，如此完美的一卷胶片未能送抵柏林，本人感到颇为惋惜。拍摄结束后，我们用机炮击沉了救生艇，然后恢复潜航。

本艇于日落时分升出海面，在甲板上发现了一名水手的尸体，他用双手以奇怪的姿势抓住栏杆。这个可怜的家伙很年轻，皮肤黝黑，相貌英俊，有可能是意大利人或希腊人，无疑是"胜利号"的船员。他显然想向被迫击沉他所乘船只的本艇寻求庇护——英国猪狗向我祖国发动的不义侵略战争又多了一名牺牲者。本艇船员在他身上搜寻纪念品，在他的大衣口袋里找到了一件非常古怪的象牙雕像，雕像中的年轻人头戴月桂花冠。我的同僚克伦茨上尉认为这个雕像很古老，有很高的艺术价值，于是收为己有。一名普通水手为何会拥有如此珍贵的物品，我和他都无从想象。

死者被扔下甲板时发生了两件事情，在船员中造成了极大的混乱。死者的眼睛本来是闭着的，但在将尸体搬向艇舷时，眼睛微微睁开了，许多船员产生了离奇的幻觉，认为尸体以嘲笑的眼神盯着正在弯腰搬运的施密特和齐默。水手长缪勒较为年长，假如他不是一只阿尔萨斯出身的迷信臭猪，应该表现得更好一些才对。他望着落进海水的尸体，被幻觉弄得昏了头，信誓旦旦地说，尸体稍稍下沉之后，四肢就变成了游泳的姿势，在波浪下快速游向南方。克伦茨和我不喜欢这种乡下人的愚昧表演，严厉地训斥了船员，尤其是缪勒。

第二天，部分船员的身体不适造成了非常麻烦的局面。他们似乎因为长途远航而精神紧张，做了许多噩梦，其中一些人显得茫然而呆傻。确认他们并没有在装病之后，我允许他们暂时离岗休息。海面风浪很大,于是我们下潜到较为平静的深度。这里几乎不受风浪的影响,但存在一股神秘的南向洋流,我方海图上没有这股洋流的记录。病患的呻吟让人恼火,但由于没有影响其他船员的士气,我们也就没有采取极端措施。本艇的计划是原地停留,准备拦截"达契亚号",我方驻纽约间谍传来的情报中提到了这艘船。

傍晚时分,本艇升回水面,发现海况已经好转。北方海平线上可见一艘战舰的烟柱,双方遥远的距离和本艇的潜航能力足以保证安全。更让我们担心的是水手长缪勒的胡言乱语,夜晚临近,他越来越疯狂,陷入了可鄙的幼稚状态,竟然大肆宣扬他的幻觉,声称见到许多泡胀的尸体漂过海底舷窗,而且都目光炯炯地盯着他。他曾在我德意志铁军之辉煌胜利中目睹他们死去。他声称尸体的

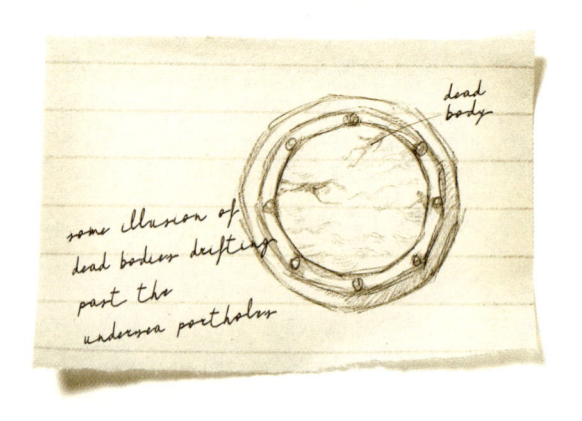

首领就是我们在甲板上发现并扔回大海的那名年轻人。这种恶心而疯狂的言论实在难以原谅，因此我下令将缪勒铐了起来，狠狠地鞭打了一顿。我的部下当然不会乐于见他受到惩罚，但纪律毕竟更加重要。水兵齐默代表船员请求将那个奇特的象牙雕像丢进大海，被我们严词拒绝。

6月20日，前一天开始生病的水兵鲍姆和施密特陷入严重的疯狂状态。我很后悔船员中没有配备医师，因为德国人的每一条生命都是宝贵的，但这两人不停胡言乱语，念叨什么恐怖的诅咒，严重破坏了本艇的军纪，因此我们采取断然措施。船员以阴郁的态度接受了这一结果，缪勒似乎因此安静下来，没有再给我们带来任何麻烦。傍晚时分，我们释放了他，他默默地履行自己的职责。

接下来的一周，我们始终紧张地等待"达契亚号"。缪勒和齐默的失踪使得形势愈加恶化，他们无疑遭受过恐惧的折磨，因此选择了自杀，不过没有人目睹他们跳下甲板。能够摆脱缪勒，我倒是颇为高兴，因为他哪怕沉默不语，也一样会对船员造成不良影响。所有人目前都倾向于保持沉默，像是内心深处压抑着某种不可告人的恐惧。许多人身体不适，但没有人挑起骚动。克伦茨上尉在重压下变得很暴躁，最细枝末节的琐事也会让他烦恼不已——比方说聚集在U-29周围的海豚越来越多，我方海图上不见记载的南向洋流正在增强。

最后，我们确定本艇彻底错过了"达契亚号"。这种失败并不罕见，我们更多地感到高兴，而不是失望，因为终于可以返回威廉港了。6月28日中午，本艇转向东北，尽管出现了数量多得出奇的海豚，可笑地纠缠着本艇，但我们还是很快登上了归途。

下午2点，引擎室出乎意料地发生爆炸。尽管没有机械故障或人为疏忽，本艇从船首到船尾都毫无征兆地遭到了巨大的冲击。克伦茨上尉匆忙赶到引擎室，发现燃油箱和大部分机械设备已经彻底损坏，工程师拉贝和施耐德当场身亡。我们的处境立刻变得极为危急，虽然负责空气再生的化学装置完好无损，本艇在压缩空气和蓄电池的允许范围内亦可上浮、下潜和打开舱盖，但我们失去了动力和导航能力。乘救生艇求救则等于将自己交给向我德意志伟大帝国挑起不义之战的敌人处置，而自从击沉"胜利号"之后，本艇的无线电系统就发生了故障，无法联络帝国海军的其他潜艇。

从事故当时到7月2日，本艇持续向南漂流，无法改变处境，也没有遇到其他船只。海豚依然包围着U-29，考虑到本艇已经漂流的距离，这一点颇为令人惊讶。7月2日清晨，本艇发现一艘悬挂美国国旗的战舰，船员焦躁不安，渴望投降。克伦茨上尉不得不枪决了一名叫特劳贝的水兵，他以极大的热忱鼓吹此种叛国行径。在这一果断处置之下，船员暂时安静下来，本艇悄然下潜，未被发现。

第二天下午，南方出现了密集的成群海鸟，风浪也逐渐变大。本艇关闭舱门，静待情况变化，直到最终面临抉择：要是不下潜，就会被越来越高的巨浪吞没。我们的气压和电力在持续减少,尽管不愿消耗残存的机动能力,但现实让我们别无选择。我们没有潜得太深,数小时后,海面开始恢复平静,我们决定浮出水面。然而,新的问题出现了,无论机械师如何努力,本艇都拒绝响应任何操纵。被困于海下加深了人们的恐惧,有些船员又开始说起克伦茨上尉的象牙雕像如何如何,好在一把自动手枪就足以让他们闭嘴。我们尽可能让这些可怜的家伙有事可做,虽然知道毫无用处,但还是命令他们努力修理机械。

克伦茨和我通常轮流睡觉。船员哗变就发生在我休息的时间内,也就是7月4日上午5点。仅存的那六名猪狗不如的水兵认为我们已经必死无疑,突然因为两天前没有向美国佬战舰投降而爆发出狂怒,发出谵妄般的咒骂,在船上大肆破坏。他们像畜生似的咆哮,毫无顾忌地砸烂仪器和家具,大喊大叫地胡说什么象牙雕像有诅咒,黝黑年轻人的尸体盯着他们看,被扔下海后自己游走。克伦茨上尉吓得动弹不得,娘们似的莱茵软蛋也就是这个德性了。我向全部六名船员开枪,这是必要之举,并确认他们都已死去。

我和克伦茨上尉通过气密舱将尸体投入海中,U-29上只余下我们两人。克伦茨显得极为紧张,大量饮酒。我们决定利用剩余的物资尽可能长久地活下去,船上还有大量口粮和制氧装置用的化学药品,它们逃过了猪狗般下贱的船员的疯狂破坏。罗盘、测深计和其他精密仪器都已损坏,因此只能靠手表、日历以及通过舷窗和瞭望台所见物体估计出的目测速度来猜测位置。还好本艇的蓄电池电量充足，可供船内和探照灯长时间使用。我们经常用探照灯照射四周，只能见到海豚平行于我们的漂流线路游动。我对这些海豚产生了科学兴趣，因为普通的真海豚是鲸目的哺乳动物，必须靠空气维持生命，但我盯着一条伴随本艇游动的海豚看了两个小时，却没有见到它改变自己的潜行状态。

随着时间的过去，克伦茨和我认为我们一方面还在向南漂流，另一方面也沉得越来越深。我们辨认出多种海洋动物和植物，大量阅读这方面的书籍，这些书是我为了打发闲暇时间带上船的。我注意到我这位同伴对科学的了解远不及我，他的大脑不是普鲁士式的，而是沉迷于毫无价值的想象和猜测。我们必将死亡的事实对他产生了怪异的影响，他经常在悔恨中祈祷，悼念被我们葬送在海底的男人、女人和孩童，全然不顾为了德意志祖国的一切牺牲都是那么高贵。过了一段时间，他的精神失衡越来越明显，会一连几个小时盯着象牙雕像，编造海底被遗忘的失落魔物的故事。有时候，作为心理学实验，我会诱使他说出那些离奇呓语，听着他没完没了地引用诗歌，讲述沉船传说。我为他感到遗憾，因为我不愿看见一名德国人如此受苦，而我可不想和这么一个人携手赴死。我很自豪，因为我知道祖国将如何纪念我的功绩，我的子孙将被教导成如我这样的铁汉。

8月9日，我们窥见洋底，于是用探照灯的强光照亮它。那是一片高低起伏的平原，大部分被海草覆盖，点缀着小型贝类的壳。有时候能看到轮廓怪异的黏滑物体，披着海草，嵌着藤壶，克伦茨声称它们肯定是在此安息的古代沉船。有一件东西让他格外困惑，那是个看似坚实的尖峰，从海床突出约四英尺，宽约两英尺，侧面平坦，上表面光滑，在顶端形成一个很大的钝角。我认为那是一块露头岩石，但克伦茨认为他在那东西的表面上看见了雕刻。过了一会儿，他开始颤抖，像是害怕似的转身不敢再看，但没有仔细解释，只说海洋深渊的广袤、黑暗、偏远、古老和神秘震撼了他的心灵。他的大脑已经疲惫，但我拥有德意志人的钢铁意志，很快就注意到了两件事情。首先，U-29顽强地承受住了深海的压力，而那些海豚依然在四周出没——绝大多数博物学家都认为高等生物在这种深度不可能存活。先前我高估了本艇所处的深度，这一点可以肯定，但即便如此，我们此刻的深度依然使得这一现象变得异乎寻常。其次，根据现在对洋底的观察和在较浅处对海洋生物的观察，我们向南漂流的速度没有什么变化。

8月12日下午3点15分，可怜虫克伦茨彻底发疯了。我在图书室阅读，他本来在瞭望台里用探照灯查看外部情况，随后跌跌撞撞地冲进图书室，面部的表情泄露了内心的扭曲。请允许我在这里引用他的话，着重点出他一再重复的内容："他在呼唤！他在呼唤！我听见他了！我们必须去！"他一边叫喊，一边从桌上拿起象牙雕像塞进衣袋，抓住我的手臂，想拉着我走扶梯上甲板。我立刻明白他想打开舱盖，带着我一起跳进外面的大海，我对这种自杀加谋杀的疯狂行径实在没有思想准备。我拉住他，尝试安抚他，他却变得更加凶恶，说："快来吧——不要再等下去了，忏悔而得到原谅好过抗拒而遭受惩罚。"我尝试与安抚背道而驰的办法，说他疯了，可悲地精神错乱了。但他不为所动，只是叫道："假如我疯了，那反而是神的慈悲！愿诸神可怜这个人，他麻木不仁，在最恐怖的末日面前依然神智健全！来吧，趁着他还在充满仁慈地呼唤我们，快发疯吧！"

这一场爆发似乎释放出了他意识中的压力，因为在此之后，他变得温和多了，说假如我不愿意和他一起走的话，那就请放他单独离开。我的选择很简单。他固然是德国人，但只是区区一名莱茵平民，更何况此刻已经发疯，有可能会造成危险。只要接受他的自杀请求，我就能立刻解除这个已经算不上同伴的威胁。我请他在离开前把象牙雕像给我，只换来一阵异常诡异的狂笑，因此没再重复这个请求。考虑到我也许还有获救的可能性，我问他要不要留下一簇头发或什么纪念品给他在德国的家人，但他的答案依然是那种诡异的大笑。他爬上扶梯，我走向操纵台，等了一段时间，操纵机器送他走向死亡。等我确定他已经不在船上了，就用探照灯四处扫射，希望能最后再看他一眼。我想确定他是会像理论上那样被水压挤扁，还是会像那些异乎寻常的海豚那样不受影响。但我没有找到我故去的这位同僚，因为海豚密密麻麻地聚集在周围，挡住了瞭望台向外的视线。

那天傍晚我非常后悔，我应该在可怜虫克伦茨离开前，偷偷从他口袋里摸走象牙雕像，因为我为记忆中的雕像深深着迷。尽管我天生不是艺术家，但无论如何都没法忘记那个头戴月桂花冠的俊美年轻人。我同时还感到遗憾，因为无法向任何人倾吐心声。克伦茨虽然在精神上不可能与我相提并论，但有总比没有强。那天夜里我睡得很不好，琢磨着我将在何时迎来死亡。是啊，我得到救援的可能性真是微乎其微。

第二天，我爬上瞭望塔，习惯性地借着探照灯扫视周围。向北望去，自从四天前见到海底以来，景象几乎没有任何变化。我注意到U-29的漂流速度没那么快了。我将光束扫向南方，见到前方的洋底呈现出明显的下降坡度，形状异常规整的石块摆在特定位置上，像是依照某种规律安放在那里的。本艇没有立刻潜入更深的海底，因此我只能调整探照灯的角度，让光束向下照射。由于转动过快，一根电线断裂，耗费了我不少时间修理，最后探照灯终于恢复了工作，照亮了我身下的海底山谷。

我生性不会屈服于情绪，但见到被光束照亮的事物，还是感到巨大的震撼。我接受过最高水准的普鲁士文化教育，地质学和口述历史都告诉我沧海桑田的转换确有其事，不该为此感到震惊。底下一眼望不见尽头的是无数精美建筑物的废墟，它们是那么宏伟，风格难以归类，保存的良好程度各自不同。大多数建筑物似乎是大理石质地，在探照灯下闪着白光。这座巨大的城市总体来说位于狭窄山谷的底部，但在陡峭的山坡上也有众多单独的神殿和府邸。屋顶已经塌陷，廊柱已经折断，然而无法比拟的远古光辉却无法磨灭。

以前被我视为神话的亚特兰蒂斯就这么出现在眼前，我成了全世界最迫不及待的探险家。过去肯定曾经有一条河在谷底流淌，因为在仔细查看脚下景象的时候，我注意到了昔日用石块与大理石砌成的桥梁和防波堤，曾经绿树成荫的美丽台地和堤坝。兴奋之中，我变得和可怜虫克伦茨一样愚蠢和感情用事，过了很久才注意到南向洋流已经到头，U-29缓缓地落向沉没的古城，好像飞机落向地面上的都市。同样地，我过了很久才发现那群不寻常的海豚也消失了。

过了大约两个小时，潜艇落在了靠近山谷岩壁的一片石铺广场上。向一侧望去，整座城市从广场顺着山坡延伸到往日的河岸。向另一侧望去，在近得令人讶异的距离上，是一座巨大建筑物装饰华丽的正面。它保存得极为完好，显然是挖空了坚固岩石而建成的神殿。面对如此庞然巨物，我只能猜测它究竟是如何建造的。神殿的外立面大得难以形容，似乎覆盖了山体上一整片凹陷处，因为它有许多窗户，而且窗户的分布也很广。它的正中央是一道敞开的巨门，底下的台阶巍峨壮观，周围精致的浮雕似乎是狂欢宴会中的人们。最靠外的是巨大的廊柱和檐壁，都装饰有美丽得难以形容的浮雕，描绘的是理想化的田园风光，还有男女祭司手持奇异的礼仪用具，正在膜拜光芒四射的神祇。浮雕中体现出的艺术性极为完美，从概念看主要是古希腊风格，但奇特而独树一帜，看上去都古老得可怕，更像是希腊艺术最遥远的祖先，而不是年代相近的父辈。我毫不怀疑这座巨大神殿的每一个细节都是从这颗星球的原始山岩上雕凿出来的，怎么看都是山谷岩壁的一部分，我无法想象其恢宏的内部究竟是怎么掏空的，也许是以一个洞窟或一系列洞窟为核心建造而成的吧。岁月和海水都未能腐蚀这座神殿的太古威仪——对，它肯定是一座神殿——哪怕是在海洋深渊的黑暗和寂静中安息了千万年。

我记不清自己盯着这座沉没城市的建筑物、拱顶、雕像、桥梁和美丽而神秘的庞大宫殿看了多少个小时。尽管我知道死亡就在眼前，但还是无法抑制好奇心。我转动探照灯的光束，饥渴地探寻着全部秘密。光柱让我看清了许多细节，但还是没能照亮石雕神庙那道大门内的样子。过了一阵子，我意识到必须节省电力，于是关闭了电源。经过这几周的漂流，我明显能感觉到光束比以前暗了。即将被褫夺最后的光亮，我探索海底秘密的欲望反而更加热烈。我，一名光荣的德国人，应该第一个踏上这些被遗忘了亿万年的道路！

我取出金属焊接的深海潜水服仔细检查，确认便携光源和空气再生装置都能工作。虽说一个人操作密封舱有些困难，但凭借我的科学技能，我必定能克服一切艰难险阻，走进这座死亡的城市。

8月16日，我成功地走出了U-29，艰难地走过积满淤泥的荒弃街道，朝着远古的河流而去。我没有发现人类遗骨或遗物，不过搜集了以雕像和钱币为主的大量文物。早在穴居人还在欧洲大地上徘徊、尼罗河肆意流向大海的年代，这个文明已经兴盛得如日中天，我除了敬畏之外无法用其他语言表达心情。衷心希望日后有人能发现这份日志，靠着它的引导来解开我无力描述的这些秘密。蓄电池的电量开始减少，我只好返回潜艇，决定第二天去探索神殿。

17日，我渴望探索神殿秘密的冲动越发强烈，却被巨大的失望挫败。我发现臭猪们在七月份哗变的时候，砸烂了用来给便携光源充电的设备。我的愤怒简直难以遏制，但日耳曼人的直觉禁止我不做任何准备就走进漆黑的神殿，因为那里有可能是无可名状的海生怪物的巢穴，迷宫般的通道也可能让我再也走不出来。我只能转动U-29上越来越黯淡的探照灯光束，在它的帮助下走上神殿台阶，研究外墙上的雕刻。光束以向上的角度射进殿门，我向内张望，想试试能不能看见任何东西，却一无所获，连天花板都没有被照亮。我用棍子戳了戳地面，向内走了一两步，不敢继续前进。更可怕的是，我这辈子第一次体验到了恐惧。我渐渐理解了可怜虫克伦茨的部分情绪，随着神殿对我的吸引力越来越大，我对这个水中的深渊也产生了越来越强烈的盲目恐惧。我回到潜水艇上，关闭照明，坐在黑暗中思考。现在我必须节省电力，留待紧急时使用。

18日星期六，我在彻底的黑暗中度过了一整天，各种念头和回忆折磨着我，企图折损我日耳曼人的钢铁意志。克伦茨早在抵达这遥远过往的凶险遗迹之前就发疯并自杀了，还建议过我和他一同赴死。命运留下我的理性，难道就是为了让我无法抵抗地被拖向任何人类做梦都没想到过的最恐怖、最难以言喻的结局吗？很显然，我的神经遭受着可怕的折磨，我必须摆脱这种弱者的想法。

星期六夜里，我难以入睡。顾不上考虑未来，我打开了灯。电力会在空气和口粮之前耗尽，我对此感到恼火，再次想到安乐死的念头，于是检查了自动手枪。临近早晨的时候，我开着灯昏睡了过去，昨天下午醒来时船舱里一片漆黑，我发现蓄电池已经用完了。我接连划了几根火柴，后悔自己的目光短浅，竟然早早用掉了船上仅有的几根蜡烛。

在我胆敢浪费的最后一根火柴熄灭后，我静静地坐在毫无光亮的黑暗中，考虑着无可避免的结局，大脑开始回顾早先发生的所有事情，唤起了一段在此之前始终休眠的记忆。假如我是个迷信的弱者，肯定会惊恐得瑟瑟发抖。岩石神殿外墙上光芒四射的神像头部，竟然和死亡水手从大海里带来又被可怜虫克伦茨带回大海的象牙雕像一模一样。

这个巧合让我有点头晕目眩，但没有被吓住。只有劣等人的心智才会匆忙用原始而浅薄的超自然论调解释怪异和复杂的事情。这个巧合很奇特，但我拥有何等坚定的理性，绝不会将我不承认存在逻辑关联的因素硬凑在一起，或者以任何离奇的方式将"胜利号"被击沉而引出的重重事件与我目前的困境联系在一起。我感觉自己还需要休息，于是服下镇静剂，重新入睡。我的精神状态反映在了梦中，因为我似乎听见了溺死者的呼号，见到了尸体的面孔贴在舷窗上。死者之中有一张活生生的脸，带着象牙雕像的年轻人对我露出嘲讽的笑容。

我必须谨慎记录我今天醒来后发生的一切，因为我的精神高度紧张，事实中无疑混杂了大量幻觉。从心理学的角度看，我的情况无疑非常有趣，很遗憾无法让有能力的德意志权威专家科学地观察我的病例。睁开眼睛，我首先感觉到的是一种难以遏制的欲望，想要立刻去探访那座岩石神殿。这种欲望每时每刻都在变得愈加强烈，而我本能地唤起与其作用相反的恐惧情绪来抵抗它。接下来的感觉是我似乎在蓄电池耗尽后的黑暗中见到了光亮，看见面向神殿的舷窗中透出类似于磷光的辉光。这激起了我的好奇心，因为我知道没有任何深海生物能发出如此强烈的辉光。可还没来得及去一探究竟，第三种感觉就出现了，由于它完全违背理性，因此我不得不怀疑本人感官记录下的任何事情的客观性。这种感觉是幻听，是有节奏和韵律的听觉幻象，似乎是某种癫狂但又美丽的咏唱或圣歌合唱，而且是从完全隔音的 U-29 船壳外传来的。我确定我的心理和神经已经无法正常工作，于是点燃几根火柴，喝下整整一剂溴化钠溶液，它们帮助我镇定下来，至少驱走了幻听。但磷光依然存在，我无法克制去舷窗口寻找光源的幼稚冲动。那辉光真实得可怕，没过多久，我就在它的照耀下分辨清楚了周围的物体，装溴化钠的空瓶也出现在了我刚才看不见的位置上。最后这一点让我陷入思考，我穿过房间触摸空瓶。它确实在我似乎看见它的地方，因此我知道那辉光要么真的存在，要么就是某种顽固幻觉的一部分，我不可能驱散它。我放弃抵抗，爬上瞭望塔，去寻找发光的物体。说不定是另外一艘U型潜艇，我依然有一丝获救的希望？

读者不能认为接下来的记录都是客观真相，因为有些事情超越了自然法则，必然是我这颗疲惫大脑产生的主观幻觉。我爬上瞭望塔，发现大海大体而言远不是我想象中的那样一片光明。附近没有动植物在发出磷光，岸边山坡上的城市隐没在黑暗中。我见到的东西并不壮观，也不畸形或恐怖，而是取走了我意识内的最后一丝希望。因为从岩石山体上开凿出的海底神殿的门窗里明显射出了摇曳的光辉，就好像神殿深处的祭坛上有火焰在燃烧。

随后的事情一片混乱。我望着那些射出怪异光线的门窗，成了最为怪诞的幻觉的猎物，这些幻觉怪诞到了甚至不可能描述的地步。我隐约在神殿中见到了一些物体，有些静止不动，有些正在移动，而我似乎又听见了刚醒来时飘来的虚幻歌声。我全部的思想和恐惧既集中在海里那个年轻人的尸体上，也集中在与眼前神殿的檐壁和立柱上的浮雕一模一样的象牙雕像上，但同时我也想到了可怜虫克伦茨，不知道他的尸体和被他带回大海的象牙雕像此刻在何处安息。他向我发出过警告，我却没有注意——谁叫他是个软蛋莱茵人呢？普鲁士人能够轻易承受的苦难足以逼得他发疯。

剩下的就很简单了。走进神殿探访的冲动已经成了难以解释也难以抵抗的命令，最终连我都无法拒绝。日耳曼人的钢铁意志不再能控制我的行为，接下来连意志本身都会变作无关紧要的东西。正是这样的疯狂驱使克伦茨毫无防护地跳进大海拥抱死亡，但我是一名遵从理性的普鲁士人，我将调动残存的一丝意志。当我明白必须前往神殿时，就准备好了潜水服、头盔和空气再生装置，随时都可以穿戴整齐出发。然后，我以最快速度写下这份日志，希望有朝一日能送到世人手中。我会将手稿封存进漂流瓶，在我永远离开 U-29 时将它托付给大海。

我心中没有恐惧，哪怕疯子克伦茨的预言犹在耳畔回响。我见到的一切不可能是真的，我知道我的疯狂顶多只会让我在空气耗尽后窒息而死。神殿里的辉光只是幻觉，我将平静地死在被遗忘的漆黑深海，得到与日耳曼人相称的归宿。我写下这段话时听见的恶魔般的笑声，只是我正在被软化的大脑的产物。因此我将小心翼翼地穿上潜水服，大胆地踏着台阶走进那古老的神殿，探索那埋藏在无底深渊和无穷岁月中的沉默秘密。

# 猎 犬

-1-

噩梦般的呼啸声和振翅声持续不断地传进我饱受折磨的耳朵，同时响起的还有遥远而微弱的吠叫声，像是出自某种巨型猎犬之口。这不是梦，恐怕也不是我在发疯，因为已经发生了太多的事情，我不可能再享受那份慈悲和怀疑。圣约翰已是一具残破不堪的尸体，只有我知道其中的原因，正是由于我知道，所以我即将轰出自己的脑浆，因为我害怕以同样的方式被撕成碎片。充满怪异幻想的无尽走廊里没有灯光，黑暗无形的复仇女神驱使我走向自我毁灭。

愿上帝原谅我们的愚蠢荒唐和病态狂想，我们正是因此走向了如此怪诞丑恶的命运！凡俗世界的平淡无奇让我们感到厌倦，连爱情和冒险的欢愉也很快就不复新鲜，圣约翰和我狂热地参与每一项艺术和智性的活动，只要有可能让我们暂时摆脱足以毁灭心灵的无聊就行。象征主义蕴含的谜题，前拉斐尔派带来的迷醉，它们都曾经吸引过我们，但每一种新情绪都很快就失去了能够帮助我们消磨时光的新奇和魅惑，唯有颓废派的阴郁理念能够长久地虏获住我们，并且随着我们的研究日趋深入和邪恶而变得越来越有意思。波德莱尔和于斯曼的刺激很快就消耗殆尽，到最后只剩下更为直接的刺激，也就是违背自然的个人体验和冒险。正是这种可怕的情感需求将我们带上了可憎的不归路，即便在此刻的恐惧之中，提起这些也依然令我满怀羞愧和胆怯。那是最最丑恶的人类暴行：被全世界厌恶的盗墓行径。

我不会透露盗墓经历中的骇人细节，也不会列举我们那无名博物馆里最可怕的战利品，哪怕只是其中的一部分。我们的博物馆布置在两人共同居住的石砌宅邸里，大宅里只住着我和他两个人，没有任何仆从。博物馆是个亵渎神圣、难以想象的地方，我们这两个疯狂的行家以恶魔般的品位搜集来了各式各样恐怖与腐朽之物，用来刺激早已麻木的感官。那是个密室，位于地下深处，玄武岩和缟玛瑙雕刻的有翼魔鬼从狞笑大嘴里吐出怪异的绿色和橙色光线，隐蔽的送风管道搅动万花筒般的死亡舞蹈，血红色的阴森物品在黑色帷幕下彼此交织。通过管道涌出的是我们情绪所渴望的种种气味，有时候是葬礼上白色百合的香味，有时候是想象中东方皇族祖祠中的致幻熏香，有时候则是坟墓掘开后那搅动灵魂的可怕恶臭——我回想起来都会为之颤抖！

沿着这间可憎密室的墙壁摆放着许多展柜，里面既有古代的木乃伊，也有手艺精湛的剥制师制作的新鲜尸体，看上去虽死犹生，还有从世界各地最古老的坟场窃取来的墓碑。随处可见的壁龛里存有尺寸不一的骷髅和腐烂程度各异的头颅。你能看见著名贵族已经露出颅骨的朽烂面容，也能看见刚落葬孩童的俊朗脸蛋。雕像和绘画都以邪恶为主题，有一些出自圣约翰和我本人之手。有一本上锁的作品集是用鞣制的人皮装订的，里面那些难以用语言描述的无名绘画据说是戈雅自己都不敢承认的作品。这里有音色令人作呕的乐器，弦乐器、铜管乐器、木管乐器都有，圣约翰和我时常用它们演奏极为病态、魔性十足的不协和噪音。而镶嵌在墙壁上的诸多乌木展柜里存放着人类疯狂与变态所能积累起的最难以置信、最无法想象的盗墓成果。在这些劫掠来的物品里，有一件东西是我绝对不能提及的——感谢上帝，早在我毁灭自己之前就赐予我勇气先毁灭了它。

搜集这些不能详述的珍宝的盗墓历程自然都是美妙得值得纪念的事情。我们不是为钱掘墓的粗野之徒，只会在情绪、地形、环境、天气、季节和月光处于特定条件下才去做这种事情。这种消遣活动在我们眼中可是最精致不过的美学表达手段，我们会以讲究甚至苛刻的态度对待其中的所有细节。从泥土里挖出邪异的不祥秘密会让我们心醉神迷，而时间不适合、光照不理想或对湿润土壤的处理过于笨拙，任何一个瑕疵都会彻底破坏盗墓的快乐。我们狂热而无法满足地追求奇异的环境和刺激的条件——打头阵的永远是圣约翰，也正是他将我们带到那个嘲弄我们的该诅咒的地点，最终招致无法逃避的可怖末日。

引诱我们前往荷兰那座恐怖坟场的究竟是何等险恶的命数？我认为是阴森的流言和传说，据说有一个已被埋葬了五百年的古人，他活着的时候以盗墓为生，从一座华丽的古墓里偷走了一件威力强大的物品。即便在生命的尽头，我也能回想起当时的景象——秋日的惨白月亮悬在坟墓之上，投射出曳长的恐怖怪影；奇形怪状的树木阴郁低垂，伸向无人照料的草地和碎石崩落的墓碑；巨大怪异的蝙蝠成群结队，逆着月光飞翔；爬满藤蔓的古老教堂立在铅灰色的天空下，犹如怪异的巨指伸向天空；带着磷光的昆虫像鬼火似的在角落里的紫杉下翩翩起舞；霉烂的草木和难以名状的气味里混着夜风吹来的远方沼泽与大海的微弱气味；最可怕的是巨型猎犬发出的低沉吼声，我们既看不见它也无法确定声音是从哪儿传来的。隐约听见这吠叫声的时候，我忍不住浑身颤抖，回想起那个在农夫中流传的传说：几百年前，我们要寻找的这名盗墓贼就是在这个地方被发现的，某种不可知的野兽用牙齿和利爪将他撕咬得残破不堪。

我记得如何用铁铲挖开这个盗墓贼的坟墓，也记得如何为当时的场面兴奋不已：我们两个人、坟墓、惨白瞪视的月亮、恐怖的阴影、奇形怪状的树木、巨大的蝙蝠、古老的教堂、舞动的鬼火、令人作呕的气味、夜风的微弱呻吟、隐约可闻但不明来处甚至无法确定其是否客观存在的怪异吠叫。很快，我们挖到了一个比潮湿泥土更硬的物体，映入眼帘的是一口朽烂的长方形棺材，久置地下使得它的外表结了一层矿物质沉积物。这口棺材结实厚重得难以想象，不过毕竟年代久远，我们最后还是撬开了它，眼睛见到的东西简直是一场盛宴。

尽管五百年的岁月已经流逝，但里面剩下的物品还很多——多得令人惊叹。那具骸髅，除了被猛兽折断的那些地方，竟然还以不可思议的结实程度连接在一起。我们贪婪地扫视着白森森的颅骨和长而结实的牙齿，没有眼珠的眼眶里也曾经放射出与我们相同的狂热目光。棺材里有一个样式怪异的护身符，似乎是挂在死者脖子上一同落葬的。这个护身符雕刻的是一条蹲伏的有翼猎犬，也可能是长着半张狗脸的斯芬克斯，雕工极为精致，以古老东方的样式刻在一小块碧玉上。猎犬的表情极为令人厌恶，洋溢着死亡、兽性和恶毒的气氛。基座上有一圈铭文，但圣约翰和我都不认识那种文字。护身符的底部刻着一个畸形恐怖的骸髅头，好像是制作者的铭印。

看见这个护身符，我们就知道必须占有它，这件宝物就是我们挖开这个五百年古墓的奖赏。尽管它的轮廓是那么陌生，但我们还是渴望得到它。经过更仔细的一番打量之后，它似乎又没那么陌生了。是的，就神智健全而正常的读者熟悉的所有艺术和文学而言，它确实显得非常陌生，但我们认为阿拉伯疯人阿卜杜拉·阿尔哈萨德的《死灵之书》里埋藏了有关此物的线索。它是一个食尸异教可怖的灵魂符号，这种异教源自中亚那难以到达的冷原。我们非常熟悉那位阿拉伯老恶魔学家对其邪恶轮廓的描述。他在书中写道，折磨并啃噬尸体的人的鬼魂会以超自然形态模糊显现，护身符的轮廓就是据此画成的。

我们抓起那块碧玉物件，最后看了一眼护身符主人只剩眼窝的惨白面容，将坟墓恢复原状，然后匆忙离开那个可憎的地方。偷来的护身符放在圣约翰的衣袋里，我们看见蝙蝠落在刚才被掘开的地面上，像是在寻找某种被诅咒的邪恶食物。但秋夜的月光过于黯淡，无法确定是不是真的见到了那一幕。第二天，我们从荷兰乘船出发回家，同时听见在海浪里隐约传来巨型猎犬的吠叫声。但秋风的哀吟过于响亮，我们无法肯定是不是真的听见了。

## -2-

回到英国不到一周,怪事就开始发生。我们过着隐士般的生活,没有朋友,独来独往,居住在人迹罕至的荒凉地带,古老的乡村宅邸房间不多,所以连仆人也没有,被访客的敲门声打搅的次数更是屈指可数。可最近这几天夜里,我们却经常受到一些奇异现象的滋扰,这些现象不但出现在宅邸的前后门附近,也出现在窗户周围——楼上楼下都有。有一次我们看见一个不透光的巨大物体挡住了图书室窗外的月光,还有一次仿佛听见不远处传来呼啸声或振翅声,然而每一次前去探查都一无所获。我们将这些怪事都归咎于妄想,也正是那不安分的妄想,向我们的耳朵里灌输在荷兰坟场认为自己听到的微弱犬吠声。碧玉护身符被放进了博物馆的一个壁龛,有时候会在它前面点燃气味古怪的蜡烛。我们仔细研读阿尔哈萨德的《死灵之书》,知道它的属性和食尸鬼的灵魂与这个护身符所象征之物之间的联系。读到的内容让我们坐立不安,恐怖随之而来。

19××年9月24日晚间,我听见有人敲卧室门。我以为是圣约翰,便请敲门的人进来,但回答我的只是一阵尖声狂笑。走廊里没有人。我叫醒正在酣睡的圣约翰,他声称对此一无所知,表现得和我一样惶恐不安。就在这天夜里,沼泽地里那遥远而微弱的犬吠真实得令人畏惧。四天后,我和圣约翰在地下博物馆里,通向密室台阶的唯一一扇门上传来了微弱而小心翼翼的抓挠声。我们担心的事情不止一件，除了对未知事物的恐惧，也担心被人发现这些可怕的藏品。我们熄灭所有照明，悄悄走过去，突然打开门，只感觉到一股难以形容的气流，听见沙沙声、窃笑声和清晰可辨的说话声渐渐远去——这三种声音的组合极为怪异。我们究竟是疯了、是在做梦还是神志正常？这个问题甚至还未来得及思考，我们就怀着最黑暗的恐惧意识到，那个没有身体的声音说的无疑是荷兰语。

自此之后，我们陷入越来越强烈的恐慌和痴迷之中。绝大多数时候我们认为由于体验了太多超自然的刺激，我和圣约翰正在一起发疯。而有些时候我们更愿意将自己视为某种令人毛骨悚然的可怖厄运的受害者。诡异情况出现得越来越频繁，已经不胜枚举。我们的荒僻宅邸似乎成了某种邪恶存在的领地，我想破脑袋都猜不出那是什么东西。每天夜里，噩梦般的犬吠声都会回荡于风声呼啸的沼泽地，而且越来越清晰。10月29日，我们在图书室窗户外的软泥地上发现了一串完全无法用语言形容的脚印。同样令人困惑的还有成群结队的巨型蝙蝠前所未有地出现在这幢古老宅邸附近，数量与日俱增。

11月18日，恐怖达到了高峰。天黑之后，圣约翰从远处的火车站步行回家，某种可怕的食肉野兽袭击了他，将他撕咬得惨不忍睹。他的惨叫声传到宅邸，我以最快的速度冲了过去，赶到可怖的现场时，听见翅膀扇动的呼呼声，看见初升的月亮衬托出一团模糊的黑云。我呼喊我朋友的名字，他已经奄奄一息，无法连贯地回答我的问题，只能用嘶哑的声音耳语道："护身符——那个该诅咒的东西——"说完，他就瘫软下去，变成了一具伤痕累累的尸体。

第二天子夜，我将他葬在宅邸疏于照料的一个花园里，对着他的遗体念诵他生前最喜爱的邪异祭文。念完最后一个崇拜恶魔的句子，我听见遥远的荒野上又传来了巨型猎犬的吠叫声。月亮高挂天空，但我不敢看它。我看见月光下的荒野上有一大片朦胧黑影扫过一个个土丘，连忙紧闭眼睛，把整张脸都埋在地上。不知过了多久，我颤抖着爬起来，跌跌跄跄地回到室内，惊恐地向着壁龛里的碧玉护身符跪拜不已。

我不敢一个人居住在荒原上的这幢古宅里，在第二天便前往伦敦。出发之前，我将碧玉护身符带在身上，焚烧并掩埋了博物馆里其他的邪恶藏品。但仅仅过了三个晚上，我又听见了犬吠声；不到一个星期，只要天一黑，我就会感觉到有诡异的眼睛盯着我。一天傍晚，我沿着维多利亚堤坝散步透气，忽然瞥见一团黑影挡住了水面倒映的一盏路灯，一阵比寻常晚风强劲得多的风从我身旁吹过，我知道圣约翰遭遇的厄运也要降临在我头上了。

第二天，我小心翼翼地包好碧玉护身符，带着它乘船前往荷兰。我要将这件东西还给它沉睡的主人，不知道是否能因此得到宽恕，但我认为所有还算和逻辑沾边的办法都值得尝试一下。那猎犬究竟是什么，它为什么追着我不放，这些问题我无法解答。我第一次听见犬吠声就是在那座古老的坟场，后续的每一件事情，包括圣约翰的遗言在内，都和偷走碧玉护身符的诅咒有着千丝万缕的联系。也正因为这样，当我在鹿特丹的一家旅店内发现窃贼盗走了我唯一的救赎方式后，彻底陷入了绝望的深渊。

那晚的犬吠声格外响亮，第二天早晨读报时，我得知这座城市最污秽的角落里发生了一起无法形容的恶性案件。最底层的乌合之众陷入恐慌，因为有一处恶徒的聚居地在一夜之间血流成河，残忍程度超过了那地方以往发生的任何犯罪。那个肮脏贼巢里的整整一族人被撕咬成了碎片，肇事的未知猛兽没有留下任何踪迹，左邻右舍声称整夜都听见盖过平常醉酒喧嚣的犬吠声，那低沉而凶恶的犬吠声无疑出自一条巨型猎犬之口。

就这样，我终于又来到了这座令人厌恶的坟场，惨白的冬日月光投下丑陋的怪影，光秃秃的树枝无力地垂向霜冻的草地和皲裂的墓碑，藤蔓横生的教堂像手指般嘲弄地伸向阴沉的天空，疯狂咆哮的夜风掠过结冰的沼泽和寒冷的大海。我来到曾被我们侵犯过的古墓前，吓走了一大群绕着墓碑盘旋的蝙蝠，而越来越微弱的犬吠声则彻底停止了。

我不知道为什么要来到这里，除了祈祷，我只能发疯般地恳求和道歉，希望能安抚棺材里的白骨。不管出于什么原因，我终究还是来了，绝望地向半冰冻的土地发起攻击，一半是出自我的意愿，另一半则受我自身之外的某种意志控制。掘墓比我预想中容易，只是中间被一件怪事打断了一次：一只瘦骨嶙峋的秃鹫从冰冷的天空中俯冲而下，疯狂地啄食坟墓泥土，直到被我用铁铲拍死。我终于挖到了那口朽烂的棺材，掀开结着硝石的潮湿棺盖。这是我的理性最后一次发挥作用。

在这口五百年前的棺材里，竟然噩梦般挤满了正在沉睡的巨型蝙蝠，这些蝙蝠簇拥着被我和圣约翰盗走宝物的那具骷髅；但它不像上次见到时那么干净和平静，而是覆盖着干结的血液和丝丝缕缕的外来血肉和毛发，冒出磷光的眼窝像是有知觉似的盯着我，沾着鲜血的尖牙扭曲地嘲笑着我无法避免的厄运。白骨狞笑着的颚骨深处发出低沉而讥讽的犬吠声，我看见它鲜血淋漓的污秽手爪里抓着我丢失的碧玉护身符，我只能发出阵阵尖叫，漫无目标地逃跑，但叫声很快就变成了歇斯底里的阵阵狂笑。

疯狂乘着星空下的狂风……几百年尸体磨利的尖牙和钩爪……滴血的死尸骑着从彼列被埋葬神殿的漆黑废墟中飞起的蝙蝠大军……此刻，没有血肉的怪异尸体的吠叫声越来越响，该诅咒的肉膜翅膀鬼祟的呼啸和拍打声越来越近，我应该用左轮手枪前往遗忘之乡，面对这无可名状也无以名状的恐怖，那里是我唯一的避难所。

# 大衮

写下本文的时候，我能感觉到自己的精神极度紧张，因为到了明晚，我将不复存在。我身无分文，唯一能让我忍耐人生的药品供应也到了尽头，今后再也无法承受这种折磨了。我将纵身跳出阁楼的窗户，扑向底下肮脏的街道。不要认为我受吗啡奴役就生性懦弱或堕落，等你读完我在仓促中写下的这几页文字，应该就能猜到（但不可能完全明白）我为什么情愿忘记一切或寻求死亡了。

事情起始于太平洋上最开阔也最人迹罕至的海域之一，我押运的邮船落入德国海军之手。大战当时刚刚打响，德国鬼子的海上力量还没有像后来那样一败涂地，因此我们这艘船就合情合理地成了战利品，船员被视为海军俘虏，得到公正和尊重的待遇。逮住我们的这些人实在军纪松散，被俘后仅仅过了五天，我就搞到一艘小船，带着足以支撑很长一段时间的淡水和口粮逃跑了。

我渐渐漂远，终于重获自由，却发现自己对周围的环境一无所知。我从来不是个合格的领航员，只能靠太阳和星辰的位置大致推测出位于赤道以南的某处，而经度就连猜都没法猜了，因为视野内没有任何岛屿或海岸线。天气始终晴好，我在灼人的阳光下漫无目标地漂流，等待过路船只的救援或被海浪送上某块有人居住的土地。但船只和陆地都拒绝出现，一望无际的浩瀚蓝色之中，孤独开始让我陷入绝望。

变故发生时我在睡觉，因此具体细节完全不清楚。我睡得不太踏实，受到噩梦的滋扰，但始终没有醒来。等最后睁开眼睛的时候，发现自己的半个身子陷在恶心的黏滑泥沼里，这片泥沼地很宽阔，向各个方向都延伸到目力所及的最大范围，而那艘小船搁浅在一段距离之外。

读者肯定认为我的第一反应会是惊讶，毕竟环境发生了如此出乎意料的巨大变化，但事实上我心中的恐惧远远超过了诧异，因为空气和烂泥散发出一种险恶的气氛，让我感觉冰寒彻骨。这里弥漫着腐烂的恶臭，无边无际的烂泥地里露出鱼类和某些难以描述的动物尸体。也许我根本不该指望能用语言传达栖身于这彻底寂静和无垠荒芜中的无法表述的恐怖感觉。听觉捕捉不到任何东西，眼睛只能看见浩瀚无边的黑色污泥，声音的寂静和景象的单调都是那么彻底，我害怕得几乎想吐。

无情的阳光倾泻而下，万里无云的天空在我眼中似乎也是黑色的，像是倒映着我脚下的漆黑泥沼。我爬进搁浅的小船，意识到只有一种推测能够解释我的处境：一次空前绝后的火山爆发之后，被深不可测的海水掩埋了亿万年的一块洋底因此隆起，升出海面。这块新形成的陆地无比辽阔，无论我如何竖起耳朵，都听不见哪怕一丝最微弱的海浪声，而海鸟也不会来啄食这些死去的动物。

我在船上苦思冥想了几个小时。小船侧面搁浅，随着太阳的位置变化，我逐渐享受到了一丝阴凉。白昼慢慢过去，地面开始失去黏性，硬得足以让人在短时间内行走了。那天夜里我没怎么睡，第二天我将食物和淡水打进包裹，准备穿过这片陆地，去寻找消失的海面和有可能出现的救援。

第三天早晨，我发现泥地干燥得足以随意行走了。臭鱼的气味简直让人发疯，但我更关心生死大事，顾不上这等小灾小难。我鼓起勇气，朝着绵延荒原上地势最高的山丘，向西走了一整天，走向不可知的目的地。晚上我露宿休息，醒来后又朝着山丘走了一整天，但这个地标似乎没比我最初注意到时近到哪儿去。第四天傍晚，我终于来到了山丘的脚下。它实际上比我从远处望见的要高得多，横贯而过的峡谷使得它以陡峭之势拔地而起。我疲惫得无力攀爬，就在山丘的阴影中睡下了。

那天夜里的梦不知为何极其狂乱，还没等那怪异的下弦月升上东方的荒原，我就浑身冷汗地醒了过来，决定不再继续睡，因为那些幻觉过于恐怖，我不愿再体验第二遍。望着月光下的山丘，我意识到选择白天远征真是愚蠢之至。没有了灼人的阳光，原本可以节省多少体力呀！事实上，此刻我觉得很容易就能爬上日落时阻挡我的山坡了。我收拾好行李，开始爬向山丘的顶端。

我说过，这片绵延平原毫无变化的单调地势就是我那种隐约恐惧感的来源之一，而当我爬到山丘顶端，望向另一侧的无底深渊或峡谷——月亮升得还不够高，无法照亮黑暗的深处——这一刻我的恐惧感更加强烈了。我感觉自己来到了世界的边缘。望着底下深不可测的永夜混沌，惊骇之余，我很奇怪地想起了《失乐园》，还有撒旦爬过尚未成形的黑暗国度的可怖场景。

随着月亮逐渐升向天顶，我也看清了山谷的斜坡并不像想象的那么陡峭。要想下去，有不少岩脊和露头山石可以充当落脚点，况且向下几百英尺后，坡度就很平缓了。在某种我自己也无法明确分析的冲动驱使之下，我手脚并用地在岩石中向下攀爬，很快就站在了那片较平缓的山坡上，望着月光尚未照亮的阴森深渊。

忽然间，对面山坡上一个巨大而突兀的物体吸引了我的注意力。它陡直矗立，距我大约一百码，月亮刚好升到这个角度，物体在月光下闪着白色光芒。只是一块大石头而已，我马上这么安慰自己，同时也很清楚，无论是轮廓还是立起的方式，它都不可能出自大自然之手。细看之下，无法表达的感觉充斥了我的脑海；尽管它巨大得超乎想象，而且位于从地球尚年幼时就处于海底的深渊中，但我可以断定这一奇异的物体是一块独石碑，见证过智慧生物的雕刻工艺和祭祀崇拜。

我既茫然又害怕，同时也在心中涌起了科学家或考古学家般的激动，于是开始更加仔细地查看四周。月亮已经接近天顶，怪异而明亮的月光洒在深谷两侧的陡峭山坡上，揭示出谷底有一条长河流淌，这条蜿蜒长河朝左右两边都伸展到了视线之外，水流就快拍打到我脚下的斜坡了。深谷对面，浪花冲刷着独石碑的底部，我注意到石块表面刻着铭文和粗糙的浮雕。那些铭文使用的象形文字体系我不认识，也没有在任何书里见过类似的东西，它们大部分是文字化的水生生物符号，例如海鱼、鳗鱼、章鱼、甲壳类、贝类和鲸鱼等等。有几个符号显然代表着现代世界不了解的某些海洋生物，但我在从海底隆起的平原上见过它们腐烂的尸体。

*Vast, Polyphemus like and loathsome it darted like a stupendous monster of nightmares to the monolith*

然而，像魔咒一样吸引住我的却是浮雕图案。这一组浅浮雕很大，尽管隔着中间的河，我依然看得清清楚楚，这些图案的主题能激起画家多雷的嫉妒，我认为是在描绘人类，或者说某种类人种族。这些生物在某个海底洞穴中像鱼一样嬉戏，也可能是在波涛下某座巨大的祭坛前敬拜。我不敢描述它们的面容或形体，仅仅是回忆就快要让我昏厥了。它们的畸形超越了爱伦坡或布尔沃的想象,除了手脚长蹼、嘴唇宽厚松弛得可怕、眼珠凸出、眼神呆滞和其他一些我想起来就不舒服的特征外,最该诅咒的是它们大致上还拥有人类的轮廓。有一点很奇怪,它们似乎与背景完全不成比例:浮雕中的一个怪物正在杀死一条鲸鱼,而这条鲸鱼比怪物大不了多少。如我所说,我注意到了它们的怪异形状和非同一般的尺寸,但立刻得出结论:它们只是某个原始的捕鱼或航海部落想象中的神祇。早在皮尔丹人或尼安德特人的祖先诞生前,这些部落就已经灭绝了。这一意外发现使得我瞥见了最大胆的人类学家都不敢想象的遥远过去,我敬畏地站在那里陷入沉思,月光在我面前的寂静河面上投下怪异的倒影。

就在这时,我突然看见了它。那异物悄然滑出漆黑的水面,只有些微水波预告了它的到来。它硕大无朋,犹如神话中的独眼巨人,样子可憎到了极点,就像出自噩梦的庞然巨怪,陡然扑向那块独石碑,在碑石周围挥动它覆盖鳞片的庞大臂膀,同时垂下恐怖的头颅,发出某种有节奏的声音。我认为我当时就发疯了。

我如何疯狂地爬上山坡和陡壁,又如何在谵妄中跑回搁浅的小船,这些都记不太清了。我相信我一度拼命唱歌,唱不出声来以后就发出怪异的笑声。我模糊记得在爬上小船后遇到了一场大风暴。我只知道我听见了大自然只有在情绪最糟糕时才会发出的滚滚雷声和其他声响。

等我从晦暗中醒来时，我已经在旧金山的一家医院里了。一艘美国船只在大洋中发现了我的小船，那位船长将我送到了这里。我在谵妄中说了很多，不过别人几乎没有留意我究竟说了什么。至于在太平洋中升起的那片陆地，救我的人一无所知，我自然也没有必要坚持一件明知道其他人都不会相信的事情。后来我找到一位著名的民族学家，就古代腓力斯人传说中的鱼神大衮请教了他几个问题，但很快就发现这个人死板得无可救药，也就没有追问下去。

然而，每当夜幕降临，尤其是月相渐亏的时候，我就会看见那头怪物。我试过用吗啡麻醉自己，可药物只能带来短暂的平静，还把我变成了它绝望的奴隶。现在，我已经写下了所知道的全部事实（或者是旁人眼中不屑一顾的笑话），打算就此结束一切。我经常问自己，那会不会只是一场幻觉？我从德国战舰上逃跑后，在毫无遮蔽的小船上被阳光暴晒，因此丧失了理智？每当我这么自问时，眼前就会浮现出一幅栩栩如生的恐怖画面。只要想到深海，我就会瑟瑟发抖，因为那无可名状的怪物此刻也许正在它黏滑的床上蠕动翻腾，跪拜它们古老的石刻偶像，将自己同样可憎的形象用花岗岩雕刻成水下的纪念碑。我梦见有朝一日它们升出波涛，用恶臭的巨爪将已被战争折磨得筋疲力尽的弱小人类拖进深海；我梦见有朝一日大地会沉陷，黑暗的洋底会在宇宙的喧嚣中冉冉升起。

就快结束了。我听见门上传来响动，某个滑溜溜的庞大躯体沉重地撞着门。不，我不会被它找到。天哪，那只手！窗户！窗户！

# 乌撒之猫

据说在斯凯河之外的乌撒，谁也不能杀猫。此刻望着它趴在火堆前咕噜咕噜叫唤，我对此更是深信不疑。因为猫是神秘的生灵，能够接近人类看不见的怪异事物。猫是远古埃古普托斯的灵魂，承载着被遗忘城市梅罗和俄斐的传说。猫是丛林之主的亲属，继承了邪灵出没的古老非洲的秘密。斯芬克斯是猫的表亲，猫会说斯芬克斯的语言。但猫的历史比斯芬克斯还要悠久，记得斯芬克斯已经遗忘的往事。

在乌撒的镇民禁止杀猫之前，曾经有过一个老佃农，他和他老婆喜欢诱捕和杀死邻居家的猫。我不知道他们为什么这么做，不过确实有许多人讨厌猫在夜晚闹出的响动，不喜欢猫在黎明时分的院子和花园里偷偷摸摸地乱转。原因暂且不论，总之这对老夫妻诱捕和杀死了胆敢靠近他们住处的每一只猫，而且从中得到了莫大的乐趣。根据大家在入夜后听见的一些声响，许多镇民认为他们杀猫的手段相当残忍。不过，镇民不会和那对老夫妻讨论这种问题，一方面因为那两张饱经风霜的老脸永远挂着的表情，另一方面也因为他们的窝棚特别小，阴森森地藏在几棵枝叶茂盛的橡树底下，外面还隔着一个无人照料的院子。实话实说，猫的主人既痛恨那两个老家伙，但更害怕他们。没有人敢痛斥两人是暴虐的凶手，只好小心照顾至爱的宠物、家中的捕鼠能手，不让它们接近阴森树木下的那间偏僻小屋。然而疏忽总是在所难免，终究会有谁家的猫莫名失踪，入夜后响起那些声音时，失主不是无能为力地哀叹，就是感谢命运没有让他的孩子这么消失，借此安慰自己。因为乌撒的镇民实在淳朴，况且也不知道每一只猫最初的来历。

有一天，一支古怪的流浪大篷车队从南方走进了乌撒铺着鹅卵石的狭窄街道。这些漂泊者肤色黝黑，一点也不像每年经过小镇两次的其他行商。他们在市集支起摊位，靠预言未来换取银币，向商贩购买颜色艳丽的珠子。谁也说不清他们到底来自何方，但大家都见过他们念诵怪异的祷词。他们的车身上画着猫头人身、鹰头人身、羊头人身和狮头人身的古怪图画。车队的首领戴着头饰，这个头饰有一对角，双角之间是一枚造型奇特的圆盘。

大篷车队里有个小男孩，没有父亲也没有母亲，只有一只小黑猫和他做伴。瘟疫对他没有手下留情，不过也留下这个毛茸茸的小东西来纾解他的悲伤。年幼的时候，一个人能从一只小黑猫的憨态中得到莫大的安慰。肤色黝黑的人们叫他美尼斯，他每天坐在绘着怪异图画的马车的踏脚台阶上和优雅的小黑猫玩耍，欢笑远远多于哭泣。

车队待在乌撒的第三个早晨，美尼斯找不到小猫了。他在市集大声哭泣，有几位镇民告诉了他那对老夫妻和夜间那些凄惨声音的事情。美尼斯听完他们的话，哭泣变成了思索，最终开始祷告。他向太阳伸展双臂，用镇民不懂的语言祈祷——不过话也说回来，镇民并没有很认真地听他在念叨什么，因为天空和云朵变幻出的怪异形状吸引住了他们的注意力。说来奇怪，就在小男孩对天空祈愿的时候，云朵似乎形成了各种朦胧模糊的怪异物体，比方说兽首人身、角顶圆盘的怪物。大自然充满了这一类能够激发想象力的奇观。

当天夜里，大篷车队拔营离开，从此再也没有露面，而镇民陷入困惑，因为他们发现整个小镇都找不到一只猫了。无论大猫小猫、黑猫灰猫、黄猫白猫还是条纹三花，每一户人家的猫都从壁炉前消失得无影无踪。老镇长克兰侬信誓旦旦地说是那些黑肤外来者搞的鬼，为了报复美尼斯的小猫被人杀死，他们带走了镇上所有的猫，他诅咒大篷车队和那个小男孩。但瘦骨嶙峋的公证人尼斯声称老佃农夫妇更值得怀疑，因为他们对猫的憎恶众所周知，而且最近越来越肆无忌惮，只是谁也不敢去责备那两个恶毒的家伙。然而，旅店老板的儿子阿塔尔赌咒说他在黄昏时分见到乌撒镇所有的猫都聚在那个可憎的院子里，两两并排，绕着窝棚非常缓慢而庄重地踱步，像是在施行某种闻所未闻的动物仪式。镇民不知道该不该相信一个这么小的孩子的话。尽管他们担心那对恶毒的老夫妻已经用魔法迷住并杀死了所有的猫，但他们不敢冲过去质问老佃农，而是想等他走出那个阴森可怕的院子再说。

于是，乌撒镇在徒然的愤怒中沉沉入睡，等人们在清晨醒来——天哪！所有的猫都回到了它们最喜欢的壁炉前！无论大猫小猫、黑猫灰猫、黄猫白猫还是条纹三花，一只猫都没有少。这些猫看上去都毛色光鲜，肚皮浑圆，满意地咕噜咕噜直叫唤。镇民互相讨论，大为惊异。老克兰侬坚持认为它们是被黑肤外来者带走了，因为猫进了老夫妇的窝棚从来是有去无回。不过，有一件怪事得到了所有人的注意，那就是没有一只猫愿意吃分给它们的肉，喝摆在它们面前的牛奶。整整两天，乌撒镇这些毛色光鲜、懒洋洋的猫不碰任何食物，只顾在炉火前或太阳下打盹。

整整过了一个星期，镇民才注意到树下窝棚到了黄昏时分也不会亮起灯光。瘦子尼斯发现自从猫全体离家的那晚开始，就没有人再见过那对老夫妻。又过了一个星期，镇长决定克服恐惧，以履行职责的心态去一趟那个沉寂得奇怪的窝棚。出于谨慎起见，他还是拉上了铁匠尚恩和石匠苏尔做个见证。他们撞开形同虚设的房门，只发现地上躺着两具剔得干干净净的人类骨架，阴暗角落里有许多形状古怪的甲虫爬来爬去。

乌撒的镇民对此讨论了很久。验尸官扎斯和瘦子公证人尼斯争论不休，各种各样的问题淹没了克兰侬、尚恩和苏尔。就连旅店老板的儿子阿塔尔也受到了仔细的盘问，最后还得到了一份甜点当作奖赏。他们讨论老佃农夫妇，讨论黑肤者的流浪大篷车队，讨论小美尼斯和他的小黑猫，讨论美尼斯的祈祷和祈祷时的天空变化，讨论大篷车队离开当晚猫的表现，讨论后来在那个可憎院子中阴森树下窝棚里发现的东西。

最后，镇民全体通过了那条著名的法令，哈索格的商人将其告诉世人，尼尔的旅行者们热烈讨论。简而言之就是：在乌撒镇，谁也不能杀猫。

# 敦威治恐怖事件

"戈耳工、许德拉、喀迈拉、刻莱诺和哈耳庇厄[11]的可怖故事——或许也在迷信者的头脑中不断繁衍——但它们确实曾经存在。它们是转录和典型——原型就在我们之中,而且永远如此。否则明知道是虚构的叙述,又怎么可能影响我们呢?难道我们自然而然就能从这些对象中感觉到恐怖,相信它们有能力给我们带来肉体上的伤害?不,绝对不是这样!这些恐惧是来自更古老的过往。它们的存在先于肉体——或者说没有肉体,它们也同样存在……它们施加的恐惧纯粹是精神性的——其强大相称于其在世间的无实在性,在人类尚无罪错的童年时代占据着支配者的位置——解决起来困难重重,或许需要我们洞察创世前的情况,或者至少窥视一眼造物存在前的阴影国度。"

——查尔斯·兰姆《女巫及其他暗夜恐惧》

---

11. 戈耳工、许德拉、喀迈拉、刻莱诺和哈耳庇厄都是希腊神话中的怪物。戈耳工是长有尖牙、头生毒蛇的怪物,其中最著名的是美杜莎。许德拉是九头大蛇。喀迈拉上半身像狮子,中间像山羊,下半身像毒蛇,口中喷火。哈耳庇厄是鸟身女妖,刻莱诺是《埃涅阿斯纪》中袭击特洛伊幸存者的哈耳庇厄首领。

## -1-

　　一位旅行者来到马萨诸塞州中北部，要是他在艾尔斯伯里公路刚过迪恩隅的三岔路口拐错弯，就会走上一片荒僻而怪异的土地。地势渐渐变高，攀爬着野蔷薇的石墙越靠越近，蜿蜒道路上积着灰尘。在随处可见的森林里，树木似乎格外高大，野草、荆棘和牧草异常茂盛，很少能在其他人类定居区见到这种长势。但另一方面，经过垦殖的土地却很少，而且往往没有庄稼。稀疏的房屋意外地千篇一律，全都一样衰老、肮脏和破败。你偶尔会在崩裂的门前台阶或遍布石块的山坡草场上见到一两个饱经风霜的孤独身影，不知道为什么，你就是不想向他们问路。这些身影是那么沉默和鬼祟，你会觉得自己遇到了什么禁忌之物，最好不要和这种东西扯上关系。沿着道路爬上一段山坡，群山出现在苍翠森林之上，怪异的不安感觉越发强烈。山峰的顶端过于圆润和对称，无法让人觉得舒服和自然；有时候，天空会格外清晰地衬托出高大石柱围出的怪异圆环，大多数山顶都有这样的布置。

　　深不可测的沟壑和峡谷时常隔断前路，粗糙的木桥总显得不太牢靠。继续向前走，地势再次下降，成片的沼泽地映入眼帘，你见了会本能地感到厌恶，到了傍晚更觉毛骨悚然，不见身影的三声夜鹰[12]吱喳啼鸣,多得离奇的萤火虫蜂拥而出,伴着牛蛙那片刻不停的嘶哑叫声舞动。米斯卡托尼克河上游犹如闪亮的细线,以怪异的毒蛇之姿蜿蜒爬向圆顶山丘的脚下,而后水势渐渐变大。

随着山丘越来越近,你更在意的往往是密林覆盖的山麓,而不是石柱点缀的山顶。这些山坡总是那么阴森险峻,你只希望能离它们越远越好,但并不存在可以避而远之的其他道路。穿过一条廊桥,你会见到一个小村庄蜷缩在河水与圆山陡壁之间,朽烂的复斜屋顶说明这里的兴建时间要早于邻近地区,这样的成片屋顶会让你惊叹不已。可到了近处仔细再看,你会不安地发现大多数房屋都已荒弃和坍塌,塔顶损坏的教堂如今成了小镇的一处脏脏集市。黑洞洞的廊桥让人不敢放心进入,但你也不可能绕过它。过桥之后,你很难不注意到街道上弥漫着一股微弱的不祥异味,那是几个世纪的霉变和腐烂的产物。你会乐于离开这个地方,顺着狭窄小路绕过山脚,穿过地势平缓的区域,最后回到艾尔斯伯里公路上。日后你也许会知道,自己曾经穿过的村庄名叫敦威治。

外乡人尽可能少来敦威治,那场恐怖事件过后,指向小村的路牌被悉数取下。就一般的审美标准看,这里的风景美丽得非同寻常,但从来没有画家或夏日游客成群涌来。两个世纪前,当谈论巫术血祭、撒旦崇拜和森林怪物还不会被人嘲笑的时候,人们会用这些理

---

12. 夜鹰科的北美夜出鸟,因其响亮鸣声(第一及第三音节重)而得名,可不停地反复连叫数百次。

由当借口对此地敬而远之。在我们这个理性时代（由于那些心系这座小镇，乃至整个世界的安宁的人掩盖了1928年敦威治恐怖事件的真相），人们就算不知道原因，也会尽量远离小镇。也许原因之一（虽说这个理由无法套用在不明就里的外乡人身上）是当地人已经堕落到了令人厌恶的境地，沿着新英格兰偏僻乡村常见的倒退的道路走得太远。他们几乎形成了一个单独的族群，精神和肉体上都明显表现出退化和近亲繁殖的特征。他们的平均智力低得可怜，但毫无掩饰的恶意和半遮半掩的凶杀、乱伦以及几乎无法用语言形容的暴虐和变态行径却是臭名昭著。有两三个历史悠久的古老家族于1692年从塞勒姆迁居此地，他们总算没有堕落到那种朽败境地，但家族的旁系却已经沦落到与肮脏的平民为伍，只剩下姓氏还能追溯回被他们玷污的先祖。维特利家族和毕晓普家族的一些成员还会把长子送去哈佛或米斯卡托尼克大学念书，但极少有年轻人返回族人世世代代出生的破败屋檐之下。

包括知晓最近这起恐怖事件的人在内，谁也说不清楚敦威治的问题究竟出在哪儿，不过有一些古老的传说提到印第安人的密会和亵渎神灵的仪式。他们从巨大的圆形山丘中召唤出禁忌的暗影怪形，地下传来的爆裂声和隆隆巨响回应他们狂欢般的祷告。1747年，艾比亚·郝德利牧师来到敦威治村主持公理会教堂，他就撒旦及其党羽的迫近做了一场令人难忘的布道会。他在布道会上说：

"我们必须承认，恶魔亵渎神圣的可憎言行已经众所周知，因而不容否认。超过二十位活生生的可靠证人,他们亲耳听到从地下传来阿扎赛尔、巴泽勒尔、别西卜和彼列该受诅咒的声音。不到两星期前,本人清清楚楚地听到屋后的山岭间有邪魔在交谈,夹杂其间的还有嗒嗒声、隆隆声、碾磨声、尖啸声和嗞嗞声,这些都不是地上的造物能发出的声音,只可能来自唯有黑魔法才能发现、唯有魔鬼才能打开的洞窟。"

那次布道会后没多久,郝德利先生就失踪了,而他布道的内容在斯普林菲尔德刊印出版,到现在依然能找到。年复一年,时常有人报告称在山岭间听见怪异声响,地质学家和地文学家至今未能解开这个谜团。

敦威治还有一些其他传说,比方说你会在山顶石柱圈周围闻到恶臭和怪味,又比方说你能隐约听见峡谷底部某些固定位置在特定时间刮起的气流声。还有一些故事试图解释所谓"恶魔狂欢地"的由来,那是一片被诅咒的荒芜山坡,长不出树木、灌木甚至杂草。另外,当地人极为恐惧会在温暖夜晚放声啼鸣的三声夜鹰。他们发誓说那些鸟是亡魂的接引者,总在等候垂死者的灵魂,用怪异的叫声应和死者临终前的喘息。要是它们能够抓住刚离开肉体的灵魂,就会立刻拍打着翅膀飞走,留下犹如恶魔狂笑般的叫声;要是失败了,它们就会逐渐沉默下去,陷入一片失望的寂静。

这些传说来自非常古老的时代,因此总显得那么过时和荒谬。事实上,敦威治确实古老得离奇,它比三十英里内任何一个聚居点都要古老。走到小镇南部，你应该还能看见毕晓普祖宅的地窖墙壁和烟囱，它修建于1700年之前。来到瀑布旁，你会看见磨坊的遗迹，它修建于1806年之前，已经是当地最新的建筑物了。工业在敦威治没有开花结果，19世纪的造厂运动也早早夭折。说到古老，这里最老的建筑物还得数山顶那些粗糙石柱围成的圆环，人们普遍认为修建它们的不是定居者，而是印第安人。在这些石柱圈和哨兵山顶上一块状如桌台的巨岩周围发现了大量的颅骨和其他骨头，因此流行的看法是这些地点曾是波库姆塔克部落的埋骨之地。然而许多人种学家认为这个推测实在荒谬绝伦，坚持认为那些遗骨属于高加索人种。

-2-

1913年2月2日星期天上午5点，敦威治镇区内一个只有部分房间住着人的大农庄里，威尔伯·维特利来到了这个世界上。这个农庄贴着山坡而建，离小镇有四英里远，离最近的人家也有一点五英里。人们之所以记得这个日子，是因为2月2日是圣烛节——虽说敦威治的居民很奇怪地用另一个名字纪念那一天；更因为山里的诡异声音响了一整夜，村民家的狗也彻夜嚎叫。还有一点不太引人注意：孩子的母亲是维特利家族一名堕落的成员，这个女人有些畸形，身患白化病，毫无吸引力可言，年约三十五岁，和上了年纪且半疯癫的父亲住在一起，老人年轻时传出过一些极为可怕的巫术流言。谁也不知道拉维妮亚·维特利的丈夫是谁，但根据当地的风俗，镇民也不会排斥这个孩子。至于孩子的另一半祖系，他们愿意怎么大胆猜测就怎么猜去吧。不过，拉维妮亚似乎对她的孩子颇为自豪，这个孩子肤色黝黑，貌如山羊，与她粉红色眼睛、令人厌恶的白化病长相恰好相反。有人听见她念叨许多怪异的预言，说这孩子拥有什么超常力量和远大前程。

拉维妮亚这个人就爱念叨这种东西，因为她生性孤僻，喜欢冒着暴风雨进山乱逛，还试图阅读父亲从维特利家两百年历史中继承来的大开本古书，这些古书散发着霉味，就快被时光和蛀洞变成碎片了。她没上过学，但满脑子都是老维特利灌输给她的支离破碎的古老传说。镇民一向害怕那个偏僻的农庄，因为老维特利玩弄黑魔法的名声在外，而拉维妮亚十二岁那年维特利夫人不明不白地死于暴力手段，使得这里更加不受欢迎。拉维妮亚孤孤单单地活在各种怪异的影响之中，沉迷于疯狂夸张的白日梦和稀奇古怪的消遣活动之中。她的闲暇时光从不会花在家务事上，因此有关秩序和整洁的所有标准也早就消失得无影无踪。

威尔伯出生的那天夜里，令人胆战心惊的尖叫划破天空，甚至压过了山间怪声和犬吠声，但没有任何一位医生或产婆为他接生。左邻右舍对他也一无所知，直到一个星期后，老维特利驾着雪橇穿过荒原，来到敦威治镇上，前言不搭后语地和奥斯本杂货店里的闲人们聊天，人们才知道这件事。老人似乎发生了变化，他糊里糊涂的脑袋里又多了一丝鬼祟，将他微妙地从畏惧的客体变成了主体，而他可不是会因为家庭琐事而烦恼的那种人。尽管如此，他也表现出了几分自豪，后来人们也在他女儿脸上注意到了这种神情，提到那孩子的由来时，许多听众在多年后还记得他是怎么说的。

"咱才不管乡亲们咋个想——要是拉维妮的崽儿瞅着像是他爹，你们可就猜不到他长的是啥模样喽。你们别以为只有附近的汉子才是汉子。拉维妮读过书，她见过你们大多数人只听说过的东西。咱敢说她的男人是你们能在艾尔斯伯里这片地找到的最好的丈夫了。要是你们像咱一样清楚这儿这些山，你们就不可能想要比她那场更好的教堂婚礼了。咱跟你们说啊——以后总有一天，乡亲们会听见拉维妮的崽儿站在哨兵山的顶上呼喊他父亲的名字！"

威尔伯出生后第一个月内，见过他的只有两个人：一个是老泽卡利亚·维特利，他是维特利家族里未堕落者中的一员；另一个是索耶老爷的同居女人玛米·毕晓普。玛米纯粹出于好奇而来，她后来的叙述忠实于她的观感。泽卡利亚送来了一对奥尔德尼奶牛，那是老维特利向泽卡利亚的儿子柯蒂斯购买的。这一天标志着小威尔伯家购买牛只的历程开端，这个历程结束于1928年，也就是敦威治恐怖事件从发生到告终的那一年。维特利家那破败不堪的牛棚却从未挤满过家畜。有一段时间，好奇者甚至会偷偷爬上山坡，清点放养在旧农庄背后的陡峭山坡上的牛只，他们顶多只数到过十到十二头，而且这些牛都是一副贫血的苍白模样，应该是患了某种疾病或瘟病。造成维特利家牲畜死亡率居高不下的原因，很可能是牧草不卫生或肮脏牛棚里的真菌和木料染有病菌。他们在牛只身上见到了像是被利器所伤的古怪创口和溃疡。而在刚开始的几个月里，有那么一两次，这些人觉得他们在蓬头垢面的老人和他患白化病的邋遢女儿的喉咙上也见到了类似的伤口。

威尔伯出生后的那年春天，拉维妮亚恢复了她在山岭间乱逛的习惯，比例畸形的手臂里抱着肤色黝黑的婴儿。大多数镇民见过那个孩子之后，对维特利一家的兴趣就渐渐消退了，也懒得去评论这个新生儿似乎一天一个样的飞速成长。是的，威尔伯的发育速度确实惊人，出生后不到三个月，他的个头和肌肉力量就已经超过了绝大多数不到一周岁的幼儿。他的举止，甚至包括嗓音，都表现出了在幼儿身上极为罕见的克制和从容；更让所有人都始料未及的是，他才七个月就开始独自蹒跚学步，又过了一个月，"蹒跚"二字都可以摘掉了。

一段时间后，那年万圣节的午夜时分，人们看见哨兵山山顶燃起熊熊大火，在那里，桌台般的巨石立于遍地白骨之中。塞拉斯·毕晓普，毕晓普家族尚未堕落的一名成员，声称在人们见到火光前一小时左右，他看过那个男孩领着母亲，稳稳当当地跑上了哨兵山的山坡，这番话引起了不少流言蜚语。当时塞拉斯正在驱赶一头走散的小母牛，在提灯的黯淡光线下见到两条人影一闪而过，他险些忘记了自己的任务。那两条人影无声无息地穿过灌木丛，我们这位目瞪口呆的观察者觉得他们似乎一丝不挂。事后回想，他不确定男孩是不是完全没穿衣服，还是有可能系了一条带流苏的腰带，身穿深色的短裤或长裤。在此之后，只要还活着和神志清醒，威尔伯出现在人们面前时就总是穿戴整齐，不会忘系上任何一粒扣子，衣冠不整，甚至只是有可能会衣冠不整都能惹得他担忧、暴怒。他在这方面与不修边幅的母亲和祖父形成了鲜明的对比，这一点总是让镇民津津乐道。直到1928年的恐怖事件之后，人们才明白其中真正的原因。

次年一月，坊间流言的焦点是"拉维妮的黑崽子"只有十一个月大就开始说话了。这件事之所以值得关注，原因有两点：一是因为他的口音不同于当地的一般口音；二是因为他没有幼儿那种口齿不清的牙牙之语，三四岁的孩子能有他这个水平也值得骄傲了。小威尔伯并不健谈，但只要一开口，就会流露出某种难以捉摸的奇特之处，敦威治和它的全体镇民都不具备这种东西。怪异感不在他说话的内容中，更不在他使用的简单词句中，而是似乎与他的语调或发出声音的内部器官有着模糊的联系。他的面容同样因为一种老成之感而引人注目，尽管他继承了母亲和祖父的短下巴，但年纪小小就已经坚挺成形的鼻梁和近似于拉丁人的黑色大眼睛都让他显得像个拥有超卓智慧的成年人。然而，尽管他看起来异常聪慧，相貌却丑得出奇：他嘴唇很厚，毛孔粗大，肤色黑黄，头发粗糙而卷曲，耳朵长得怪异，整张脸像是一头山羊甚至野兽。镇民对他的厌恶很快就超过了对他母亲和祖父的厌恶，关于他的猜测总有老维特利曾经研究的黑魔法当调味料，还有什么他站在石柱圈里，面对一本摊开的大书，高喊犹格－索托斯的可怖名字，连群山都为之颤抖。狗也痛恨这个孩子，他不得不用各种手段抵挡它们的狂吠和威胁。

-3-

另一方面，老维特利还在不断购入牛只，而他的畜群规模却没有显著增长。他还开始伐木和整修家中尚未利用的区域。这幢宽敞的尖屋顶农舍的后半截完全埋进了怪石嶙峋的山坡，底层受损最轻的三个房间足够他和女儿使用。老维特利身上肯定还保留着惊人的力量，因为他一个人就完成了这么繁重的体力劳动。尽管他依然没完没了地胡言乱语，但木工活儿却体现出了精心计算的成果。威尔伯出生没多久他就开始了劳作，诸多的工具房之一忽然整理得井井有条，用木板封死窗户，安装了一把结实的新锁。现在他翻修起了废弃已久的二楼，手艺不亚于技艺娴熟的工匠。老人的疯病只体现在一点上：他用木板钉死了二楼所有的窗户。不过也有许多人说，光是整修这件事本身就已经疯得厉害了。他为新出生的外孙在楼下整理出了另一个房间，这个倒还在情理之中。有几位访客见过孩子的房间，但所有人都被禁止接近钉得严严实实的二楼。楼下房间的墙边摆满了高而坚固的架子，他正在将以前乱七八糟堆在各个房间角落里的霉烂古书和散乱书页搜集起来，按照某种精心编排的顺序放上书架。

"我拿它们派上过一些用场。"老人一边说，一边用他在生锈炉台上煮出来的糨糊修补一张撕破的书页，"但这孩子适合更好地利用它们。咱得尽量把书修补好，因为这些就是他要学习的全部东西。"

1914年9月,威尔伯一岁七个月大,他的体格和成就令人害怕。他的个头比得上四岁孩童,说话流利,聪明得让你不敢相信。他在田野和山岭间自由自在地奔跑,母亲每次出门乱逛都会有他陪在身旁。在家里,他孜孜不倦地研究外祖父那些书籍里的怪异图片和表格,老维特利会在许多个漫长而寂静的下午教导和考校他。这时候房屋的修葺已经完工,见过的人都会心生疑虑,为什么楼上的一扇窗户会被改造成坚实的木板门呢?那扇窗户位于东侧山墙的尽头,紧贴山坡;也没有人能想象为什么要用木板修建一条从地面通往那扇窗户的走道。正是在快完工的时候,人们发现自从威尔伯出生后就被封死窗户、装上新锁的旧工具房又遭弃用了,那扇门没精打采地敞开着。有一次,索耶老爷带着老维特利买的牛去他们家,一时好奇就进去看了看,被扑鼻而来的怪异气味熏得昏头转向——他斩钉截铁地说,除了山顶的印第安人石柱圈附近之外,他这辈子都没闻到过这么可怕的恶臭,散发出这股气味的绝对不是什么寻常东西,甚至不可能来自尘世间。不过话又说回来,敦威治镇民的住宅和窝棚可从来不是嗅觉的天国乐土。

接下来的几个月没什么特别的怪事,但所有人都信誓旦旦地说山里的神秘怪声在缓慢而持续不断地增多。1915年五朔节前夕,山岭的震动连艾尔斯伯里的居民都感觉到了。同年万圣节,地下的隆隆声怪异地应和着哨兵山山顶的熊熊烈火——按照当地人的说法，那是"维特利家那帮巫师搞的鬼"。威尔伯继续怪诞地成长发育，才四岁就像个十岁孩童了。他变得越来越沉默寡言，镇民开始关注他那张山羊脸上越来越显著的邪恶表情。他有时候会用某种难懂的语言念念有词，以怪异的曲调咏唱，让听众感觉到难以解释的巨大恐惧。狗对他表现出的憎恶已是广为人知，他不得不随身携带武器，否则就无法安全地穿过村庄。他偶尔会使用武器，犬类守护者的主人自然不可能因此喜爱他。

拜访他们家的人寥寥无几，他们通常会见到拉维妮亚一个人待在楼下，而木板封死窗户的二楼回荡着叫声和脚步声。她不肯说她父亲和儿子在楼上干什么。有一次，一位爱开玩笑的鱼贩试着推了推通往二楼的上锁房门，拉维妮亚的脸色顿时变得煞白，表露出异乎寻常的恐惧。鱼贩告诉敦威治镇上杂货店里的闲人说，他觉得他听见从楼上传来了马踏楼板的声音。闲人们搜肠刮肚地思索，想到了从窗户改造成的门和连接地面的通道，想到了迅速消失的牛只。他们回忆起老维特利年轻时的传闻，回忆起将小公牛在特定时间献祭给某些异教神祇就能从地底召唤出怪物的传说，一个个都吓得瑟瑟发抖。镇民早已注意到，狗对维特利家的憎恶和畏惧与它们对小威尔伯的憎恶和畏惧一样强烈。

1917年，战争打响，索耶·维特利老爷担任当地征兵委员会的主席，他实在没法凑齐足够数量的敦威治年轻人，就连只是满足训练营的最低标准都做不到。该地人种严重衰落的迹象引起政府的关注，于是政府派遣几位官员和医学专家前往实地研究；新英格兰地区报纸的读者大概还记得他们的这场调查，公众的关注使得记者开始跟踪报道维特利一家，导致《波士顿环球报》和《阿卡姆广告人》在周日特刊中浓墨重彩地描述小威尔伯的早熟、老维特利的黑魔法、塞满书架的怪异图书、古老农舍封死的二楼、笼罩整个地区的诡异气氛和山岭间的奇怪声响。威尔伯当时四岁半，样子像是十五岁的小伙子，嘴唇和面颊已经冒出粗糙的黑色绒毛，嗓音也像进入变声期似的开始沙哑。

索耶老爷带着记者和摄影师来到维特利家，请他们注意似乎从封死的二楼弥漫而下的那股恶臭。他说，这里竣工后，他在废弃的工具房里闻到过同样的气味。另外，他在山顶石柱圈附近偶尔也会闻到与此类似的微弱气味。文章刊出后，敦威治人读着报纸，见到明显的错误就会心一笑。有一点他们觉得很困惑，文章作者为什么很看重老维特利总是用极其古老的金币买牛这件事呢？维特利一家接待来访者时满脸都是掩饰不住的厌恶，但他们也不敢用激烈的手段抵抗或干脆拒绝开口，因为那样反而会招来更多的关注。

~4~

接下来的十年间,维特利一家的事迹渐渐淹没在了这个病态群落的日常生活之中,人们习惯了他们古怪的生活方式,也不去理会他们在五朔节前夕和万圣节之夜的狂野仪式。他们一年两次在哨兵山的山顶点燃火焰,每逢这种时候,群山就会响起越来越剧烈的隆隆声。无论什么季节,那个偏僻农庄总会闹出怪异而不祥的各种事情。在这十年间拜访过维特利家的人都声称听见封死的二楼传出响动,也对他们如此频繁而持续地献祭母牛和小公牛感到困惑。有人说要向防止虐待动物协会投诉,但终究只是说说而已,因为敦威治人从来都不愿引起外部世界对他们的关注。

1923年,威尔伯年满十岁,但心智、声音、体态和满脸胡须都让人觉得他已经成年。与此同时,旧农庄迎来了第二次大规模翻修。改造范围完全在封死的二楼之内,从丢弃的木料碎片看得出,年轻人和祖父敲掉了所有隔断,甚至拆除了阁楼地板,在底层天花板和尖屋顶之间制造出了一整片空间。他们连中央大烟囱也一并拆掉了,给锈迹斑斑的炉子安装了一根直通屋外的薄铁皮烟道管。

隔年春天,老维特利发现越来越多的三声夜鹰会在夜里飞出冷泉峡谷,落在他的窗口吱喳啼鸣。他似乎觉得这件事意义非凡,对奥斯本杂货店的闲人说,他认为他的大限已到。

"它们跟着咱的呼吸笑话咱呢,"他说,"要咱说,它们准备好捕捉咱的魂儿了。它们知道它要走啦,可不打算让它逃掉。弟兄们,等咱咽气了,你们会知道它们有没有逮住我。要是逮住了,它们会唱啊笑啊直到天亮。要是没逮住,它们就会安安静静待着。咱就盼着有一天哪,它们能和它们要逮的魂儿好好打上一架。"

1924年8月1日收获节之夜,威尔伯·维特利抽打着家里仅剩下的一匹马,摸黑赶到镇上的奥斯本杂货店,用电话请来了艾尔斯伯里的霍顿医生。医生发现老维特利处于弥留之际,微弱的心跳和费劲的呼吸说明他剩下的时间已经不多了。邋遢的白化病女儿和年纪小小就满脸胡须的外孙站在床边,头顶上的空洞深渊中传来令人不安的隐约响动,那声音像是有节奏的波涛或浪花拍岸声,就仿佛潮水冲刷着平坦的海岸。但更让医生心烦意乱的是外面喧闹的鸟鸣,似乎有无穷多只三声夜鹰没完没了地号叫着它们的口信,可怕地应和着垂死老人的急促喘息。霍顿医生心想,这太离奇、太不自然了,就像他非常不愿意前来出诊的这整个地区。

临近2点,老维特利恢复意识,从喘息中断断续续地向外孙挤出几句话。

"还需要更大的地方,威利,很快就需要更大的地方了。你长得快——那东西长得更快。孩子,它很快就会准备好侍奉你。为犹格-索托斯打开大门,需要的长篇吟唱,你可以在完整版的第751页找到,然后划一根火柴点燃监狱。空气里的火现在没法伤害它。"

他显然彻底神志不清了。老人停顿片刻,窗外的成群夜鹰调整叫声，适应老人已经改变的音调，远处传来群山中的怪异声音，他又说了最后几句话。

"按时喂它，威利，要注意食物的量。空间有限，不能让它长得太快，否则它会在你为犹格-索托斯打开大门前撑破房间或破笼而逃。只有来自外界的它们才能让它繁殖和做工……只有它们，旧神想要回归……"

但喘息再次打断了他，三声夜鹰的啼鸣随之改变，拉维妮亚不禁惊叫。老人就这么又拖了一个多小时，直到从喉咙深处挤出最后一口气。霍顿医生合上他皱缩的眼皮，遮住已经失神的灰色眼睛，吵闹的鸟鸣渐渐归于沉寂。拉维妮亚静静啜泣，而威尔伯只是在群山微弱的隆隆声中轻轻一笑。

"它们没有逮住他。"他用浑厚的男低音喃喃道。

这时候的威尔伯在他钻研的偏门领域内已经是博览群书的专家了，与远方保存着稀有禁忌古书的各种场所中的许多博物馆员通过书信往来，因而小有名声。某些青少年失踪案件的疑点若有若无地指向他家门口，所以敦威治人越来越厌恶和害怕他，但镇民始终保持沉默，这或者是出于恐惧，或者是因为他和他祖父当年一样，也定期用旧金币采买牛只，而且数量还越来越多。他现在看上去已经完全成熟，身高达到了成年人的平均高度，而且似乎还没有长到头。1925年的一天，与他通信的一位学者从米斯卡托尼克大学前来拜访他，离开时脸色苍白，表情困窘。那时候的威尔伯身高六又四分之三英尺。

随着年岁渐长，威尔伯待他半畸形的白化病母亲越来越轻蔑，最后甚至禁止她和他一同在五朔节和万圣节去山中祭拜。1926年，这个可怜人向玛米·毕晓普承认说她害怕儿子。

"俺知道他的很多事情，但不敢告诉你啊，玛米。"她说，"而且现在有很多事情也不知道了。俺对上帝发誓，俺不知道他到底要啥，也不知道他想干啥。"

那年万圣节，山中怪声比往年更喧闹，哨兵山上一如既往地燃起火焰，而更加引人注意的是大群三声夜鹰有节奏的啼鸣声，它们出现得不合自然规律，聚集在没有点灯的维特利农庄附近。午夜刚过，夜鹰的尖声鸣叫忽然转成喧杂的哄笑，乡野间回荡着这种怪声，直到黎明时分才安静下去。鸟群随后匆匆赶往南方，比正常的迁徙时间晚了足足一个月。镇民当时完全不明白这代表着什么。敦威治似乎无人去世，但可怜的拉维妮亚·维特利，这位畸形的白化病人，从此再也没有出现过。

1927年夏天，威尔伯修整好农场里的两间工具房，将书籍和财物搬了进去。没过多久，索耶老爷告诉奥斯本杂货店的闲人们，说维特利农庄又在大兴土木。威尔伯钉死了底楼所有的门窗，正在像他和祖父四年前那样打通所有隔间。威尔伯住在一间工具房里，索耶认为他看起来异乎寻常的忧虑和恐惧。人们普遍怀疑他知道母亲为何失踪，极少有人愿意接近他家。他的身高已经超过七英尺，依然没有停止生长的迹象。

~5~

当年冬天最稀奇的事情莫过于威尔伯第一次离开了敦威治地区。虽然他和哈佛的怀德纳图书馆、巴黎的法国国家图书馆、大英博物馆、布宜诺斯艾利斯大学和阿卡姆的米斯卡托尼克大学建立了通信联系，但都没能帮他借到一本他渴望阅读的古书，于是他只好亲自前往离他最近的米斯卡托尼克大学查阅馆藏的抄本。这个年轻人衣衫褴褛，肮脏不堪，满脸胡须，肤色黝黑，面如山羊，操着一口粗野的方言，身高接近八英尺，拎着刚在奥斯本杂货店买的廉价手提箱，在某一天出现在了阿卡姆，寻找锁藏在大学图书馆的一本恐怖古书：阿拉伯疯人阿卜杜拉·阿尔哈萨德所著《死灵之书》，由奥洛斯·沃尔密乌斯译成拉丁语，于17世纪在西班牙出版。威尔伯以前从没进过城，但除了赶往大学之外全无他想。他浑然不知自己经过了一条硕大的守门狗，这条狗龇着白牙，叫声中的愤怒和敌意强烈得异乎寻常，疯狂地拽着拴住它的结实铁链。

威尔伯带着祖父传给他的《死灵之书》，那是迪博士翻译的英文版，价值连城但不完整。获准阅读拉丁译本之后，他迫不及待地开始对比两种文本，希望能找到残缺译本缺少的第751页上的一个段落。出于礼貌，他不得不向图书馆馆员透露了这些。这位同样博学多识的图书馆馆员亨利·阿米塔奇（米斯卡托尼克大学的文学硕士，普林斯顿大学的哲学博士，约翰·霍普金斯大学的文学博士）

曾经拜访过维特利家农庄，此刻用问题淹没了威尔伯。威尔伯只得承认，他在寻找包含犹格－索托斯这个可怖名字的某种仪式或咒语，但两种文本之间的差异、重复和矛盾使得他难以做出选择。在他抄录最终确定的仪式时，阿米塔奇博士不由自主地从他背后看了一眼打开的书页，发现左手边的拉丁译本竟包含着威胁全世界和平和理性的恐怖危险。

"吾等不能认为，"阿米塔奇在脑海里翻译道，"人类是地球最古老和最终的主宰，也不能认为寻常的生命和物质会独行于世。旧日支配者过去在，旧日支配者此时在，旧日支配者未来亦在。旧日支配者不在我们知晓的空间内，而在空间之间。旧日支配者无声无息地行走在时间之初，不受维度束缚，不为我们所见。犹格－索托斯知晓大门。犹格－索托斯即是大门。犹格－索托斯是大门的钥匙和护卫。过去，此时，未来，在犹格－索托斯均为一体。他知晓旧日支配者曾于何地闯入，也知晓它们将于何地再次闯入。他知晓旧日支配者曾践踏地上的何处，知晓它们还将践踏何处，知晓它们践踏时为何无人能目睹它们。通过它们的气味，人有时能知晓它们接近，但人无法目睹它们的形象，只能从它们使人类诞下子嗣的容貌中略作了解。而这些子嗣种类繁多，从人类最真切的幻想到与它们自身一样无形无实质，林林总总各自不同。它们只在特定的时节里，那被说出的言语和被呼号的仪式的偏僻之处走过，无影无踪，留下腐坏。风传诵它们的声音，大地呢喃它们的意识。它们弯曲森林，碾碎城市，但森林和城市都见不到造祸的手。卡达斯在寒冷废墟知晓了它们，但谁人知晓卡达斯呢？南极冰原和沉入大洋的岛屿拥有刻印它们封印的石柱，但谁人见过那冰封城市和遍覆海草与藤壶的封印巨塔呢？伟大的克苏鲁是它们的表亲，但它也只模糊地窥视过它们的身影。咿呀！莎布-尼古拉斯！你是污秽，应该知晓它们。它们的手扼住你的喉咙，你也依然看不见它们。它们的栖身之处就在你上锁的门口。犹格-索托斯是大门的钥匙，大门存在于球界相接之处。人统治之地曾归它们统治，它们将重新统治人现在统治之地。夏日过后是冬季，冬季过后是夏日。它们耐心等待，因为它们终将重新支配此地。"

阿米塔奇回忆起他听说过的敦威治传闻、山中作祟的鬼怪、威尔伯·维特利这个人以及围绕着他的险恶气场——从诡异的出生到弑母的嫌疑——再联想起刚读到的文字，一阵恐惧袭上心头，就好像迎面吹来了坟墓里的湿冷阴风。面前这个驼背的山羊脸巨人仿佛是另一颗星球或另一个维度的子嗣，只有部分属于人类，与本质和实体的黑暗深渊有着联系，那些深渊犹如巨大无比的幻影，超越了全部的力与物质、时间与空间的束缚。威尔伯忽然抬起头，用他奇异的共鸣方式说话，这个嗓音暗示着他的发声器官与普通人类有所不同。

"阿米塔奇先生，"他说，"咱盘算咱得把这本书带回家。书里有些东西，咱得在特定的条件下尝试，这儿可做不到。要是让条条框框拦住咱，那可就罪孽深重了。就让咱带走它吧，先生，咱发誓谁都不会知道有这码事。咱都不需要说咱会好好爱惜它的。把迪的英文版弄成这样的可不是咱……"

威尔伯停了下来，因为他看见了图书馆馆员脸上坚决的拒绝表情，他那张山羊脸顿时变得奸诈狡猾。阿米塔奇正要说他可以抄录他需要的章节，但忽然想到有可能造成的后果，于是打消了这个念头。将通往那么邪恶的外部空间的钥匙交给这么一个人，他要承担的责任未免太大了一些。威尔伯看清了事态，换上尽量轻松的语气说："哎呀，既然你这么想，那就算了吧。也许哈佛不会像你这么大惊小怪。"他没有再说什么，起身走出图书馆，过每一道门的时候都不得不弯腰低头。

阿米塔奇听见守门大狗凶狠的吠叫声，隔着窗户目送维特利猩猩般的身影走出他能见到的这片校园。他想到自己听说过的那些离奇传闻，回想起《广告人报》当年周日特刊上的报道，又想到他拜访敦威治时在乡野村镇听说的民间故事。某些不可见之物——并非出自地球，至少不是三维空间中的地球——带着恶臭和恐怖穿过新英格兰的峡谷，令人厌恶地盘桓于群山峰顶。关于这些，他长久以来都深信不疑。现在他似乎感觉到了这种入侵恐怖的某个组成部分正在迫近，提前瞥见了曾经沉睡的古老梦魇统治下的黑暗国度，憎恶使得他不禁颤抖。他将《死灵之书》收起来锁好，但房间里依然弥漫着一股难以辨识的邪恶臭味。"你是污秽，应该知晓它们。"他引用书中原文。对，三年前不到他拜访维特利家农庄时，正是这同样的气味让他恶心想吐。他再次想到散发不祥气息的山羊脸威尔伯，嘲笑镇民对他生身父亲的种种猜测。

"近亲繁殖？"阿米塔奇自言自语道，"上帝啊，多么愚蠢！让他们看亚瑟·马钦的《伟大潘神》，他们会以为那是最平常的敦威治丑闻！但威尔伯·维特利的父亲究竟是什么该诅咒的无形力量，来自三维空间的地球之上还是之外？他出生在圣烛节，1912年五朔节的九个月以后，连阿卡姆都听说那晚出现了奇异的地底怪声，五月的那个夜晚，究竟是什么东西在群山间走动？是什么样的恐怖在那个五朔节，以半人的血肉之躯来到世间？"

接下来的几个星期，阿米塔奇博士开始搜集有关威尔伯·维特利和在敦威治附近出没的无形之物的所有资料。他联系上了艾尔斯伯里的霍顿医生，霍顿医生曾照顾过临终前的老维特利，老人的遗言引起了博士的深思。他再次来到敦威治镇，可惜没有什么新收获。不过仔细研读《死灵之书》中威尔伯苦苦追寻的那些篇章后，他似乎得到了一些新的可怖线索，帮助他理解那个隐然威胁这颗星球的奇异邪灵究竟拥有什么样的本质、手段和欲望。他与波士顿研究古代传说的几位学者交谈，与许多其他机构的人员通信，惊愕感越来越强烈，经历了不同阶段的恐慌之后，最后终于变成深入灵魂的恐惧。随着夏季一天天过去，他认定自己必须做些什么事情，应对潜伏在米斯卡托尼克上游的恐怖之物和以威尔伯·维特利肉身行走于人间的可怕存在。

## -6-

敦威治恐怖事件发生于1928年收获节和秋分之间，阿米塔奇博士本人也目睹了事件的惊悚序幕。当时，他听说了维特利诡异的剑桥之旅，维特利疯狂地想借阅或抄录怀德纳图书馆的《死灵之书》藏本。但他再怎么努力都注定无济于事，因为阿米塔奇已经以最恳切的态度提醒了负责保管这本恐怖书籍的所有图书馆馆员。威尔伯在剑桥表现出了令人惊骇的紧张态度，他一方面渴望得到那本书，另一方面又急于赶回家去，像是害怕离家太久可能会造成的后果。

8月初发生了一件并不出乎意料的事情，8月3日凌晨时分，大学校园里突然响起凶狠而癫狂的犬吠声，惊醒了阿米塔奇博士。咆哮声和吠叫声低沉而可怖，几近疯狂，持续不断，而且越来越响，中间还穿插着令人惊恐的明显停顿。紧接着响起了一声完全不同的尖叫，吵醒了阿卡姆一半的睡眠者，令他们从此饱受噩梦的折磨。这一声尖叫不可能来自尘世间的生物，至少不可能完全是尘世间的造物。

阿米塔奇随便套上一些衣物，穿过马路和草坪，跑向大学的建筑物，发现有很多人赶在了他的前面，他听见图书馆的防盗警铃还在尖啸。月光下，一扇敞开的窗户张开漆黑大口。闯入者显然已经进去了，因为吠叫声和尖叫声无疑是从图书馆里传出来的，而这两种声音正在迅速变轻，转为低吼声和呻吟声。本能告诉阿米塔奇，里面发生的事情恐怕不适合心理准备不足的人看见，于是他一边打开前厅大门，一边以权威的口吻命令众人后退。他在围观者中看见了沃伦·莱斯教授和弗朗西斯·摩根博士，他曾向这两个人讲述过他的猜测和担忧，因此示意他们陪他一同进去。图书馆里已经安静了下来，只剩下守门狗警惕的呜呜低吼。阿米塔奇忽然诧异地听见灌木丛里响起了三声夜鹰的嘈杂合唱，有节奏的可怕啼鸣像是在应和垂死者的临终呼吸。

图书馆里充斥着可怖的恶臭，阿米塔奇博士实在太熟悉这股气味了。三个人跑过大厅，冲进传出低吼声的宗谱学小阅览室。足足有一秒钟，他们谁也不敢开灯，最后还是阿米塔奇鼓足全部勇气，按下电灯开关。三位学者中的某一位，不确定是谁，见到眼前躺在凌乱书桌和翻倒座椅之间的那个东西，忍不住失声尖叫。莱斯教授说他有好一会儿完全失去了意识，不过还好没有踉跄跌倒。

那东西身长约九英尺，半蜷缩着侧躺在散发恶臭、如沥青般黏稠的黄绿色脓水里，守门狗撕扯掉了它的所有衣物和部分皮肤。它还没有死透，身体尚在断断续续、无声无息地抽搐，胸膛的起伏节奏可怖地契合着在外等待的三声夜鹰的疯狂啼鸣声。皮鞋和衣物的碎片散落在房间里，窗户底下有个帆布袋，显然是被扔在那儿的。一把左轮手枪丢在中央阅览台旁边，后来发现的一颗有击发凹痕但未能打响的子弹说明了为什么无人听见枪声，但此刻吸引了三个人全部注意力的还是地上那个怪物。说人类的笔力无法描述它不但老套，而且也不尽准确，然而任何人，只要对形状和轮廓的概念还被这颗星球上的普通生命和仅仅三个已知维度束缚着，就不可能形象而生动地想象它的样子。毫无疑问，怪物有一部分人类的特征，双手和头部非常类似人类，短下巴的山羊脸更是维特利家的典型容貌；但躯体和下半身就畸形得无与伦比了，只有借助宽松的衣物，它才能行走于人世间而不会引来怀疑或杀身之祸。

它腰部以上与人类差不多，但依然被守门狗警觉地按住的胸膛覆盖着鳄鱼般的块状坚韧硬皮，背部的黄黑花斑有点像某些蛇类的鳞片。可怖的是腰部以下，与人类的相似之处消失殆尽，只剩下彻底的离奇恐怖：皮肤上长满了粗糙黑毛，几十条带有红色口器的灰绿色长触手从腹部无力地向外伸展。触手的排列方式很怪异，像是遵循了地球甚至太阳系尚未知晓的某种宇宙对称性。两侧臀部上各有一个带纤毛的粉色圆环，有点像没有成熟的眼睛。应该长着尾巴的部位有一条带紫色环纹的肉喙或触须，种种迹象表明那是尚未发育的嘴部或咽喉。四肢要是去掉黑毛，就有点像史前巨型蜥蜴的后腿，但顶端既不是蹄子也没长钩爪，而是有着脊状隆纹的肉掌。它呼吸的时候，尾部和触手会有节奏地改变颜色，似乎在循环系统的作用下，从正常人类变得像是它非人类的先祖，触手的绿色会加深，尾部会变成黄色，紫色圆环之间则转为让人恶心的灰白色。它没有人类的血液，恶臭的黄绿色脓水沿着上漆的地板流淌，超出了黏稠液体的范围，怪异地改变了地板的颜色。

三个人的到来似乎唤醒了垂死的怪物，它没有转过头或抬起头，只是开始喃喃自语。阿米塔奇博士没有记录下它自言自语的内容，但非常确定它使用的绝对不是英语。起初的音节与地球上的任何语言都毫无关系，但到后来渐渐有了一些来自《死灵之书》的零星片段，这个畸形的恐怖怪物正是为了这本书才招致了毁灭。根据阿米塔奇的回忆，那些片段大概是"N'gai, n'gha'ghaa, bugg—shoggog, y'hah；犹格－索托斯，犹格－索托斯……"声音渐渐轻了下去，直至寂静，而三声夜鹰怀着邪恶期待的啼鸣越来越响。

喘息声陡然停顿，守门狗抬起头，悠长而凄厉地嚎叫。地上怪物的黄色山羊脸和刚才不一样了，令人毛骨悚然的黑色巨眼悄然闭上。窗外，三声夜鹰的啼鸣戛然而止，鸟群在惊恐中拍打翅膀，声音盖过了围观人群的交头接耳。这些守候者腾空而起，身影遮住了月亮，被它们想要猎取的东西吓得落荒而逃。

这时候，守门狗忽然惊起，害怕地狂吠几声，从它进来的那扇窗户急急忙忙地跳了出去。围观人群发出尖叫，阿米塔奇博士大声喝令他们不得靠近图书馆，等警察和验尸官来了再说。还好阅览室的窗户很高，围观者看不见房间里的情形，他仔细拉上了所有窗户的黑色遮光帘。两位警察终于赶到，摩根博士在门厅迎接他们，请他们为了自己好，等验尸官检查完并盖上那怪物后，再进入充满恶臭的那间阅览室。

与此同时，地上的怪物发生了可怖的变化。你根本不可能想象尸体以什么样的速度在阿米塔奇博士和莱斯教授眼前萎缩、分解，但可以断定的是，除了面部和双手，威尔伯·维特利与人类的相似之处恐怕少得可怜。法医赶到的时候，上漆地板上只剩下了一摊黏糊糊的发白物质，连骇人的恶臭都快散尽了。维特利显然没有颅骨和身体骨架，至少没有稳定的固态骨骼。他从不明身份的父亲那里继承了某些特征。

## -7-

然而，这只是真正的敦威治恐怖事件的序曲。大惑不解的有关部门按规定走了一遍程序，没有向媒体和大众公布离奇的细节，派出人员前往敦威治和艾尔斯伯里清点已故威尔伯·维特利的遗产并通知他的继承人。清点人员发现强烈的不安情绪笼罩了整个敦威治，既因为圆顶山丘下的隆隆声越来越响，也因为维特利家被木板钉死的空壳农庄里散发出不寻常的恶臭，如汹涌波浪拍岸的怪声也一天比一天响亮。威尔伯不在家的这段时间里，索耶老爷替他照看马匹和牛只，竟不幸患上了严重的神经衰弱。清点人员编造出理由，没有进入被木板钉死的喧闹农舍，很高兴地将他们对死者住所（也就是不久前整修好的工具房）的调查变成了一次浮光掠影的参观。他们向艾尔斯伯里法院呈上一份冗长的报告，米斯卡托尼克河上游不计其数的维特利家族成员，无论是已堕落的还是未堕落的，为继承权打起了各种各样的官司。

清点人员在屋主充当书桌的旧衣橱上发现了一本极厚的手稿，怪异的字符写在大号记账册上，根据文字的间距和墨水及笔迹的变化，他们认为这是死者的日记，但内容对他们来说是个令人沮丧的谜团。经过一周的讨论，日记连同死者的怪异藏书一同被送往米斯卡托尼克大学，希望学者们在研究后能翻译成普通人的语言，但就连最优秀的语言学家也很快就意识到这个谜并不容易解开。威尔伯和老维特利用来付账的古老金币则始终未被发现。

9月9日夜里,恐怖事件终于降临。那天傍晚,山中的怪声格外响亮,狗疯狂吠叫了一整夜。19日清晨,早起者注意到空气中弥漫着一股特别的臭味。乔治·科里住在冷泉峡谷和镇子之间,他们家的雇工卢瑟·布朗清晨赶牛去十亩草场放牧。7点左右,卢瑟发疯般地跑回来,跌跌撞撞冲进厨房,恐惧让他几乎全身抽搐。牛群跟着小伙子跑了回来,和他一样惊恐万状,在外面的院子里来回转悠,可怜兮兮地哀叫着。卢瑟上气不接下气地向科里夫人讲述他的遭遇。

"峡谷外面的路上唷,科里太太——有东西在那儿!闻起来像是一个雷打过来唷,路边的灌木和小树都被压倒了,就像有座屋子被拖过去了。噢,这还不是最可怕的,不是。路上有脚印唷,科里太太——又大又圆的脚印,大得就像木桶头,深得就像大象踩出来的,而且绝对不是四条腿的东西能弄出来的!咱跑回来前仔细看了一两个,看见每个脚印都有线条从一个点扩出去,就好像棕榈叶的扇子——但个头要大两三倍——顺着那条路往前走下去了。还有那味道啊,太可怕了,就像巫师维特利的老屋子周围……"

他说不下去了,驱赶他回家的恐惧让他又一次颤抖起来。科里夫人问不出更多的情况来,于是打电话给左邻右舍。先于恐怖事件本身而来的恐慌开始传播。赛斯·毕晓普住得离维特利家最近,她打给对方的管家莎莉·索耶,这次传播者和听众交换了角色:莎莉的儿子琼西睡眠不佳,早起沿着通向维特利家的山坡散步,只看了一眼维特利家和毕晓普家夜间放牛睡觉的草场就吓得狂奔回家。

"对,科里太太,"电话里传来莎莉颤抖的声音,"琼西刚回来,吓得连话都说不清楚了!他说老维特利家被炸碎了,木料飞得到处都是,就好像屋里藏着炸药。只有底层地板没炸穿,但覆盖着像是沥青的东西,味道难闻极了,从侧墙被炸飞的地方沿着边缘往地上淌。院子里有些可怕的脚印——又大又圆的脚印,比猪头都大,还沾着黏糊糊的东西,和屋里的东西一样。琼西说脚印通向草场,被压倒的草丛比牛棚都要宽,脚印到过的地方,石墙全都塌了。

"他还说哟,他说,科里太太,虽说他都快吓死了,但还是去找赛斯家的牛,结果在靠近恶魔狂欢地的山上草场找到了它们,情况糟透了。有一半已经不见了,剩下一半的血被吸光了,身上的伤口就像拉维妮亚那黑崽子生下来以后维特利家的牛身上的伤口!赛斯过去看了,不过我敢说他不会太靠近巫师维特利他们家!琼西没仔细看压倒草丛的痕迹离开牧场后去了哪儿,但他说应该是朝峡谷往镇上的方向去了。

"咱跟你说啊,科里太太,有些不该走在地上的东西被放出来了。要我说啊,威尔伯·维特利那个黑崽子死得真是活该,他就是那种东西生下来的。就像我一直跟大家说的,他根本不是人类。我觉得他和老维特利在钉起来的屋子里养什么东西,那东西比他还不像人类。敦威治一直有些看不见的东西,而且是活着的东西,不是人类，也对咱们人类没安好心。

"地底下昨晚又哼哼来着，今早快天亮那会儿，琼西听见冷泉峡谷里的三声夜鹰闹腾得厉害，吵得他睡不着。然后他觉得巫师维特利家那边也隐约传来什么响动，似乎是木料断裂，就像大木箱或板条箱被撑破的声音。因为这个那个的，他根本睡不着，天刚亮就一骨碌爬起来，说他必须去维特利家看看究竟出了啥事。这下算是开了眼界，科里太太！情况很不妙，我觉得男人们应该集合起来做点什么。我知道有什么恐怖的东西就在附近出没，我觉得我的日子快到了，只有老天才知道那到底是个啥。

"你家卢瑟有没有看见那些大脚印往哪儿去了？不知道？噢，科里太太，要是脚印在峡谷这一侧的道路上，而且还没到你们家，那我盘算着它们肯定进峡谷了。应该没错。我一直说冷泉峡谷不是什么体面的正经地方。那儿的三声夜鹰和萤火虫咋看都不像上帝的造物，经常有人说只要你站在合适的地方，比方说岩石瀑布和熊洞之间那儿，就能听见风里有奇怪的嗖嗖声和说话声。"

那天中午，敦威治四分之三的男人和男孩聚在一起，走过已成废墟的维特利家和冷泉峡谷之间的道路和草场，惊恐地望着那恐怖的巨大脚印、毕晓普家遭受重创的牛群、诡异而离奇的农庄残骸、田野里和路边被压得抬不起头的植物。无论闯进这个世界的是什么怪物，它都无疑走进了那条诡秘而幽深的山谷，因为两边山坡上的所有树木都被弯曲和折断了，挂在崖壁上的草木中被轧出了一条宽阔的痕迹，仿佛山崩推着一幢房屋，扫过了几乎垂直的陡坡上的茂密植被。谷底没有传来任何声音，只飘来一股难以形容的臭味，因此很容易就能想象，人们宁可站在悬崖边争论，也不愿下去承受怪物巢穴中的未知恐怖。他们带了三条狗，狗刚开始还狂吠不休，但来到峡谷附近就变得胆怯而畏缩。有人打电话将这条消息报告了《艾尔斯伯里记录报》，但编辑对敦威治的荒诞故事早就习以为常，因此只是随手写了一篇滑稽短文，美联社不久后转载了他的文章。

那天夜里，所有人都待在家里，每一幢屋子、每一个畜栏都尽可能锁得严严实实。不用说，谁都没有把牛只留在露天牧场上。凌晨2点，一股可怖的恶臭和守门狗的疯狂吠叫惊醒了住在冷泉峡谷东侧的埃尔默·弗雷全家，他们都听见外面某处传来嗖嗖声或哗哗声。弗雷夫人提议打电话给邻居，埃尔默正要同意，木板爆裂的声音却打断了他们的交谈。声音似乎来自畜栏，紧随其后的是一声恐怖的啸叫和牛群踩踏的声音。弗雷出于习惯点亮提灯，但他知道走进漆黑一片的院子就是自寻死路。孩子和女人悄然啜泣，而演化残余的自保本能告诉他们保持安静才能活命，所以他们没有叫出声来。最后，牛棚的响动只剩下了可怜的垂死呻吟，随之而来的是撞击声和爆裂声。弗雷一家互相偎依着蜷缩在客厅里，连动都不敢动，直到最后一声回响消失在冷泉峡谷深处。峡谷里的三声夜鹰持续不断的可怕啼鸣应和着牛只凄凉的呻吟声，塞丽娜·弗雷踉踉跄跄地走向电话，将恐怖事件第二阶段的消息散播出去。

第二天，整个敦威治陷入恐慌。胆怯而拘谨的镇民成群结队来看惨剧发生的地点。两道宽得可怕的破坏痕迹从峡谷延伸到弗雷家的农场，没有植被的泥地上满是巨大的脚印，红色旧畜栏的一侧完全倒塌。至于牛群，人们只找到和辨认出其中的四分之一，有些已被撕扯成了碎片，还没咽气的也不得不射杀掉。索耶老爷建议向艾尔斯伯里或阿卡姆求援，但其他人都觉得求援也无济于事。老泽布隆·维特利——来自维特利家族介于正常和堕落之间的一个分支——提出疯狂而可怕的建议，说什么应该去山顶完成祭典。他所在的家族分支非常重视古老传统，他记忆中在石柱圈内举行的吟唱仪式与威尔伯及其祖父做的那些事情毫无相似之处。

夜幕降临在遭受了重大打击的敦威治，镇民过于消沉，无法组织起像样的防线。只有一些关系紧密的家庭联合起来，待在同一个屋檐下，盯着沉沉暮色中的动静。但大多数人家只是和昨夜一样关紧大门，徒劳而无意义地将子弹装进枪膛，把干草叉放在随手可及之处。不过，除了山里照例响起怪声，这一夜居然风平浪静。天亮以后，许多人希望这场恐怖事件既然来得快，那么结束得最好也同样迅速，甚至有一些胆大之徒提议进入峡谷主动出击，可惜他们终究没能用行动给裹足不前的大多数人做出榜样。

夜幕再次降临，镇民再次重复闭门政策，但恐惧得挤成一团的家庭没那么多了。清晨时分，弗雷和赛斯·毕晓普两家都报告称守门狗显得非常激动，远处隐约飘来怪声和恶臭。另一方面，早起外出打探情况的镇民惊恐地在环绕哨兵山的道路上看见了新出现的巨大脚印。和之前一样，道路两旁被轧倒的植被说明体形庞大的恐怖怪物曾在这里经过。路上有两个方向的脚印，像是有一座移动的肉山从冷泉峡谷而来，然后又沿原路返回。山脚处，弯折的灌木丛构成了一道宽达三十英尺的痕迹，沿着陡坡向山顶而去。调查者惊诧地发现连最险峻的峭壁也未能改变这道痕迹的路线。无论那恐怖之物是什么，它都能爬上近乎垂直的峭壁。调查者换了条更安全的路线上去，见到痕迹终止于山顶，更准确地说，到山顶就折返了。

正是在这里，维特利一家曾在五朔节和万圣节点燃可怕的火堆，吟唱可怕的祭文。但现在，庞大如山的恐怖怪物掀翻了空地中央的巨石桌台，巨石略微凹陷的表面上覆盖着一层浓稠的恶臭物质，正是怪物逃出维特利家农庄后在废墟地面上出现的沥青状黏稠物。调查者面面相觑，喃喃祷告。他们望向山下，恐怖怪物似乎顺着上山的路线又折了回去。猜测只是徒劳，理性、逻辑和通常的动机在这里都不起作用，只有不合群的老泽布隆或许能理解这个局面，给出看似合理的解释。

星期四的夜晚和前几天没什么区别，但结局更加不妙。峡谷里的三声夜鹰叫得格外嘈杂，许多人根本无法入睡。凌晨 3 点左右，所有的共线电话同时响起。拿起听筒的人都听见一个吓得发疯的声音尖叫道："救命，啊，我的上帝！……"惊呼陡然结束，有人觉得随后还有一声砰然撞击，但接下来就没有任何声音了。谁也不敢轻举妄动。直到第二天早晨，人们才知道打电话的是谁。接到那个电话的人挨家挨户打过去，发现只有弗雷家无人接听。一小时后，真相揭晓，匆忙组织起的武装队伍前往峡谷入口处的弗雷家，他们见到的景象非常可怕，但也不算出乎意料。到处都是草木弯折的痕迹和硕大无朋的脚印，但房屋已经不见踪影。弗雷家的屋子像蛋壳似的被碾碎，在废墟中没有找到任何活人或尸体，留给众人的只有恶臭和沥青般黏稠的物质。敦威治的埃尔默·弗雷一家就这么湮灭了。

## -8-

与此同时，阿卡姆一个书架林立、大门紧闭的房间里，恐怖事件已经悄然进入较为平静但在精神上更加折磨人的新阶段。威尔伯·维特利的怪异记录或日志被送到米斯卡托尼克大学，试图翻译它的古代和现代语言专家却陷入了担忧和困惑。手稿的字母体系与美索不达米亚地区使用的严重变形的阿拉伯语大致相似，但能联系到的权威专家都表示完全没有见过。语言学家的最终结论是这些文本采用了某种人工字母体系，起到了加密的功效。可是常用的解密手段却未能揭示出任何线索，即便尝试了写作者有可能使用的各种方言也同样一无所获。从维特利住处搜集来的古书尽管很有意思，有几本甚至或许能为哲学家和科学研究者开启新的探索范畴，但对破译手稿却毫无帮助。其中有一本带铸铁环扣的沉重大书使用的是另一种未知字母体系，与手稿的字母体系迥然不同，在所有的语言中最接近梵语。账册手稿最终交给阿米塔奇博士全权处理，因为他对维特利事件特别有兴趣，也因为他拥有渊博的语言学知识，熟悉上古时代和中世纪的神秘学仪式。

阿米塔奇有个构想：那套字母体系也许是某个从古代流传至今的禁忌异教使用的秘传语言，这个异教继承了撒拉逊巫师的许多仪式和传统。不过，他并没有特别重视这个念头，因为假如他没有猜错，它们用来加密的是某种现代语言，那么去了解符号的起源就没多少意义了。他认为，考虑到文本的浩瀚数量，除了部分特殊的仪式和咒语外，写作者不太可能费神费力地使用母语外的其他语言。于是，他在假定绝大部分文本是英语的前提下向手稿发起了进攻。

眼看着同僚们一次又一次遭遇失败，阿米塔奇博士知道这是一个深奥而复杂的谜题，简单的解决手段甚至不具备尝试的价值。整个八月下旬，他用大量密码学知识巩固自己的储备，利用学校图书馆的丰富资源，夜复一夜地徜徉于玄奥的专著典籍之中：特里特米乌斯的《密码术》，吉安巴蒂斯塔·波尔塔的《论秘密书写》，德维吉奈的《数字研究》，费尔肯纳的《密码破译法》，18世纪达维斯和西克尼斯的专题论文，还有一些更接近现代的权威著作，例如布莱尔、冯马腾和克鲁勃的《密码学》。在学习的过程中，他也时常尝试破译手稿，很快就意识到他面对的是一套极为精妙和有创造力的密码系统，多个各自独立的对应字母列表像乘法口诀表似的交叉排列，然后基于只有加密者才知道的关键词构造密文。古代权威似乎比现代权威更有帮助，阿米塔奇得出结论，手稿使用的密码体系极为古老，无疑是通过一代又一代的神秘学研习者传承至今的。他有好几次似乎见到了曙光，却又被意想不到的障碍挡了回去。快到9月的时候，乌云终于开始消散。手稿的某些篇章中使用的某些字母毫无疑问地浮现出来，结果证明原文确实就是英语写成的。

9月2日傍晚，最后一道难关总算攻破，阿米塔奇博士第一次连贯地读到了威尔伯·维特利日志中的一个篇章。正如大家预料到的，手稿确实是他的日记，写作风格明显地表现出那个怪异生物在神秘学上的博学多识和对其他方面的懵懂无知。阿米塔奇破译的第一个长段落写于1916年11月26日，时年三岁半的孩童已经像是十二三岁的少年了。

> **1916年11月26日　星期日**
>
> 　　今天学习用阿克罗语召唤万军，不喜欢，群山回应了我，但空气没有。楼上那位比我想象中领先得多，似乎没有多少地球脑子。艾兰·哈金斯家的牧羊犬杰克企图咬我，我开枪打了它，艾兰说要是狗死了，他就杀死我。我看他不会。昨夜外祖父一直要我联系德霍仪式，我认为我从两个磁极看见了内部城市。要是地球被清理干净，而我无法用德霍—荷纳仪式突破屏障，我就只能去磁极了。召唤万军的时候，空气中的声音说要再过好几年才能清理地球，到时候外祖父应该已经死了，因此我必须学习位面之间的所有角度和从犹尔到尼赫赫恩格尔之间的全部仪式。从外部而来的它们需要帮助，但没有人类血液它们就无法得到形体。楼上那位应该会得到合适的形态。最近我结维瑞之印或向它吹去伊本战士粉的时候，能稍微看见一点它的样子，它很像五朔节在山顶出现的它们。另一张脸也许会渐渐消失。等地球被清理之后，地球生物都已灭绝，不知道我会是什么样子。用阿克罗语召唤万军而来的它说我也许会变形，外部还有许多事情需要完成。

黎明的光线照亮了阿米塔奇博士，他浑身浸湿在惊恐的冷汗中，清醒而狂乱，精神高度集中。他整夜都没有放下手稿，坐在电灯下的阅览桌前，用颤抖的手翻动纸页，以最快的速度解读密文。前一夜他惶惶不安地打电话回家，告诉妻子不回家了，妻子从家里给他送来早饭，他却连一口都吃不下。一整个白天他都在读手稿，偶尔在不得不更换复杂的密钥时恼火地停下来。午餐和晚餐虽然送来了，但他只吃了很少的一丁点。临近第二天午夜，他坐在椅子上睡着了，但很快就被混乱的连串噩梦惊醒，那噩梦与他发现的威胁人类存在的真相一样可怖。

9月4日上午，莱斯教授和摩根博士坚持要和他见一面，但离开时两人都面如土色，浑身颤抖。当天傍晚，阿米塔奇博士终于上床休息，但一整夜都时睡时醒。9月5日星期三，他继续研究手稿，从正在阅读的段落和已经破译的篇章中摘抄了大量文字。凌晨时分，他在办公室的安乐椅上小憩片刻，但天还没亮就又回到手稿前坐下了。临近中午的时候，他的私人医生哈特威尔打电话问候他，请他务必放下工作休息。博士拒绝了，说读完日记是眼下至关重要的头等大事，并答应等时机成熟就做出详细解释。

那天傍晚的黄昏时分，他完成了可怕的阅读工作，筋疲力尽地瘫倒在椅子里。妻子给他送来晚餐，发现他似乎陷入了半昏睡状态，但他还保持着足够的神志，见到妻子望向他的笔记，厉声命令她不许看。他虚弱不堪地站起身，收起凌乱的纸张，装进一个大信封，然后揣在大衣内袋中。他有足够的力气可以走回家，但显然需要医疗救助，他妻子立刻请来了哈特威尔医生。医生搀扶着博士上床休息，而博士只知道一遍又一遍地叨念："可是，我的上帝啊，我们能做什么呢？"

阿米塔奇博士睡着了，第二天醒来时陷入了谵妄状态。他没有向哈特威尔解释事情的原委，在比较冷静的时刻他说必须与莱斯和摩根深入讨论，在比较癫狂的时刻则令人惊骇地胡言乱语，其中有疯狂的恳求，说必须消灭被木板钉死的农舍里的什么东西，还有离奇的指控，说来自另一个维度的古老而恐怖的种族有计划要消灭全人类和地球上的所有动植物。他大喊大叫说全世界都在危难之中，因为旧日支配者想将地球从太阳系和物质宇宙中剥离出去，拖进万古之前地球所掉落出的其他位面或存在相态。他还要求查阅可怖的《死灵之书》和《恶魔崇拜》，希望能从中找到某些仪式，抵抗他幻想中的危机。

"阻止它们，快阻止它们！"他大喊道，"维特利家企图让它们进入我们的世界，最可怕的东西还没有来！告诉莱斯和摩根，我们必须采取行动——虽然非常危险，但我知道如何配制粉末……它从8月2日威尔伯在这里死去后就没再被喂食，按照那个速度……"

尽管阿米塔奇已经七十三岁，身体还算硬朗，当晚睡过一觉之后，不但神志失常完全过去了，也没有出现严重的发烧症状。星期五他起得很晚，头脑恢复清醒，但恐惧开始袭上心头，同时感觉自己肩负着重大的责任。星期六下午，他觉得自己可以去图书馆了，于是叫上莱斯和摩根见面会谈，三个人用最疯狂的猜测和最激烈的争论折磨大脑，从下午一直谈到晚上。他们从成排书架和锁藏处取出许多怪异和可怕的书籍，匆忙而狂热地摘抄数量惊人的各种图表和仪式。怀疑的情绪早就荡然无存。三个人都见过威尔伯·维特利的尸体躺在这幢楼的一个房间里，从此以后就绝对不可能将那本日记视为一介狂人的胡言乱语。

至于是否应该通知马萨诸塞州警方，三个人的观点有了分歧，最终胜出的是不通知。这里面牵涉到的一些事情，假如你没有目睹过就不可能相信，在接下来的调查中，这一点也得到了印证。深夜时分，他们结束了会谈，但没有决定后续的行动计划。星期天，阿米塔奇一整天都在对比各种仪式，混合从大学实验室弄来的化学药物。他越是琢磨那本可怖的日记，就越是觉得尘世间的药剂都不太可能消灭威尔伯·维特利留下的怪物。此刻他还不知道，这个威胁地球存在的怪物已经冲破禁锢，化作人类不可能遗忘的敦威治恐怖事件的主角。

对阿米塔奇博士来说，星期一只是星期天的重复，因为手上的任务要求他无休止地查阅文献和做实验。进一步研究那本可怖的日记后，计划也做了一些相应的调整，但他很清楚，哪怕到了最后关头，他们也依然要面对大量变数。星期二，他规划出了确定的行动计划，认为他们将在一周内前往敦威治。星期三，巨大的震惊降临了。《阿卡姆广告人》一个极不起眼的角落里塞了一篇来自美联社的诙谐小文章，讲述私酿威士忌之乡敦威治爆发了史无前例的怪物危机。阿米塔奇被吓蒙了，只能打电话给莱斯和摩根。三个人一直讨论到深夜，第二天像旋风似的收拾好了行李。阿米塔奇知道他将面对强大的恐怖力量，但为了消除维特利一家制造出的严重而险恶的危机，他也别无选择。

-9-

　　星期五早晨，阿米塔奇、莱斯和摩根驱车前往敦威治，于下午1点抵达小镇。虽然天气宜人，但就算在最明媚的阳光下，也有某种沉寂的恐怖和凶兆笼罩着这片受难土地上怪异的圆顶丘陵和暗影幢幢的峡谷。偶尔会看见天空凄凉地衬托出山顶的石柱圈。奥斯本杂货店那沉默而恐惧的气氛说明这里发生过令人惊骇的事情，他们很快就了解到埃尔默·弗雷一家连同房屋都遭受了灭顶之灾。那天下午，他们驱车走访敦威治，向当地人询问事情的经过，亲眼见到了弗雷家的废墟和残存的沥青状黏稠物质、弗雷家院子里挑战神威的脚印、赛斯·毕晓普家受伤的牛群和多个地方草木被轧倒的宽阔痕迹，三个人内心的恐惧越来越强烈。爬上和爬向哨兵山的两道痕迹在阿米塔奇眼中简直就是末日征兆，他长久地注视着山顶犹如祭坛的那块巨石。

　　镇民发现弗雷家的惨剧后立刻报了警，那天上午有一队州警从艾尔斯伯里赶来，这三位学者决定去找他们，尽可能对比双方获得的调查记录。然而，他们发现这件事说起来容易，做起来却很困难，因为他们无论去哪儿都找不到那群警察。警察一行共有五人，开一辆轿车，但他们只在弗雷家废墟附近找到了那辆空车。与警察交谈过的当地人刚开始和阿米塔奇他们一样困惑，但老山姆·哈金斯似乎突然想到了什么，脸色变得惨白，推了推弗雷德·法尔，指着不远处幽深而黑暗的峡谷惊呼道，"我的天！咱叫他们别往峡谷里走，咱绝对没想到居然有人不怕那些脚印、那股臭味还有夜鹰的叫声，里面大中午的也是漆黑一片……"

当地人和外来者都不寒而栗，所有人都不由自主地竖起耳朵，本能地倾听着任何响动。阿米塔奇终于亲眼见过了那恐怖怪物的可怖行径，想到自己肩负的巨大责任，不禁微微颤抖。夜幕很快就要降临，庞大如山的邪恶怪物又要迈着沉重的步伐危害世间。Negotium perambulans in tenebris…老图书馆馆员在脑海里排演他背下来的一套仪式，攥紧手里的一张纸，纸上写着他没有记住的另一套仪式。他检查了一下手电筒是否能正常工作。身旁的莱斯从行李箱里取出一个很像杀虫剂容器的金属喷雾罐。摩根从匣子里取出大口径步枪，尽管他的同事们早就说过，物质性的武器不可能伤害那个怪物。

读过那本可怖日记的阿米塔奇很清楚他们要直面的是何等恐怖之物，但他不想用任何暗示或线索给已经陷入恐慌的敦威治镇民增加负担。他希望他们能顺利地战胜敌人，不需要透露那怪物来自一个什么样的世界。暮色越来越深，当地人开始回家，想把自己牢牢地锁在屋里，完全不顾摆在眼前的证据：这股力量只要愿意，就能折断树木、碾碎房屋，人类的锁和门闩对它来说毫无意义。外来者打算守在峡谷附近的弗雷家废墟上，镇民对此大摇其头，离开时不认为还有可能再见到这三个人。

那天夜里，山里响起了隆隆声，三声夜鹰发出阴险的啼鸣声。偶尔会有一阵风扫过冷泉峡谷，为夜晚沉重的空气带来一丝难以形容的臭味。三位外来者都闻到过这股气味，他们当时站在垂死的十五岁半人类怪物旁边。可是，他们等待的恐怖怪物没有出现。无论是什么东西藏在峡谷深处，它都在等待某个时机。阿米塔奇告诉同事，夜间进入峡谷就等于自杀。

黎明时分，天色昏暗，夜里的怪声渐渐平息。灰色的天空凄冷异常，时而洒下蒙蒙细雨。西北方向的山峦上积起越来越厚的云层，阿卡姆来的三位学者举棋不定。雨势越来越大，他们躲进弗雷农庄未被摧毁的一间外围建筑，讨论是应该继续等待，还是主动出击，去峡谷里寻找不可名状的恐怖猎物。暴雨如注，遥远的地平线上传来隐约雷声。电光撕破天空，忽然，一道叉状闪电在咫尺之外掠过，像是径直坠入了受诅咒的峡谷。天色变得格外阴沉，三位等待者希望这只是一场短促的暴雨，天空很快就会放晴。

差不多一个小时之后，天色还是那么阴沉，沿着道路传来了嘈杂的吵闹声。没多久，一群惊恐的人出现在了视野里，他们有十几个，一边跑一边叫喊，甚至还有人在歇斯底里地哭号。领头的人抽泣着吐出字词，当这些字词构成连贯的句子后，阿卡姆的三位学者被吓得魂不附体。

"啊，我的天，我的天哪，"来者哽咽道，"又发生了，而且这次是大白天！它出来了——就在这个时间出来活动了，只有上帝才知道它会在什么时候找上我们！"

他喘息着说不下去了，另一个人接口道：

"大概一个小时前，咱们泽伯·维特利听见电话铃响，打来的是科里太太，乔治的老婆，住在那边的十字路口。她说她的雇工卢瑟看见那道大闪电，冒雨赶着牛群往回走，然后看见峡谷口的树木全折断了——另一头的峡谷口——又闻到那股恶臭，就是他上周一早晨发现那些大脚印时候的那臭味。她说卢瑟听见了嗖嗖声、哗哗声，比树木和灌木被轧倒的声音还要响，然后路边的树木突然朝着一个方向倒了，还传来踩烂泥和溅水的声音。但你听好了，卢瑟啥也没看见，只见到了树木和灌木被轧断。

"然后路前面过毕晓普溪的桥上传来可怕的吱嘎声和崩断声，他说听声音是木板正在爆裂和折断。但从头到尾他啥都没看见，只见到了树木和灌木折断。然后那个哗哗声就越来越远了，顺着路走向巫师维特利家和哨兵山——卢瑟他胆子够大，走到他听见声音传出来的地方看了一圈。到处都是烂泥和水，天色很黑，大雨没几下就把所有痕迹全冲掉了。但峡谷口的树木倒下一片，还有几个和木桶一样大的脚印，就像他星期一见到的那些。"

他说到这里，前一位过于激动的发言者插嘴道："现在的麻烦还没完——这才刚开始呢。泽伯打电话给大家，咱们正在听呢，赛斯·毕晓普的电话切了进来，他家莎莉吓得都快抽抽了——她刚看见路边的树都倒了，还听见一种可怕的声音，就好像大象喘着气冲向他们家。然后她说突然有一股难闻的味道，还听到她儿子琼西在喊，说那就是他星期一在维特利家闻到的臭味。所有的狗全都在狂叫和低吼。

"接着她发出可怕的尖叫，说路边的工具房刚塌了，像是被暴风雨吹倒的，但风根本没那么大。所有人都在听，我们听见电话上有很多人惊呼起来。突然莎莉又是一声尖叫，说前院的篱笆刚被轧倒了，但看不见是被什么轧的。然后电话上的所有人都听见琼西和赛斯·毕晓普在尖叫，莎莉也在喊有什么东西重重地撞上了他们家——绝对不是被雷劈了，而是有什么很重的东西在撞前面的墙，一下接一下地撞，但从前窗往外看啥也瞅不见。然后……啊……然后……"

所有人都惊恐地紧锁眉头。阿米塔奇尽管也吓得浑身颤抖，总算勉强保持平静，示意对方说下去。

"然后……莎莉喊'救命啊，屋子要塌了'……我们在电话里听见可怕的倒塌声和齐声惊叫……就像埃尔默·弗雷家一样，但更恐怖……"

他停了下来，另一个人继续讲述。

"再往后就没了——电话里没有更多的响动和叫声了，静悄悄的。然后我们这些人就开着汽车和马车，尽可能多地召集起了镇民，先去科里家，再来这儿看你们有没有什么好办法。但我认为这都是上帝在惩罚我们的罪孽，凡人都逃不过这场劫难。"

阿米塔奇意识到现在应该采取更积极的行动了，他毅然对这群惊恐得语无伦次的乡下人说："弟兄们，我们必须跟踪追击。"他尽量用让人安心的声音说，"我认为我们有机会解决这个问题。你们知道维特利一家是巫师——对，这个怪物就是巫术的产物，想击败它也只能用同样的手段。我看过威尔伯·维特利的日记，读过他读的那些诡异古书，我认为我知道要念诵什么咒语才能驱散怪物。当然了，我无法保证肯定能成功，但必须抓住机会尝试一下。怪物是隐形的，我知道它有这个本事，但这个长距喷雾器里有一种粉末，能让它暂时显形。等会儿我们可以试试看。它是个恐怖的活物，但假如威尔伯还活着，他想迎进我们世界的东西还要更加恐怖。你们无法想象地球逃过了一场什么样的劫难。现在我们只需要战胜这个怪物，而且它还不会繁殖。不过，它能造成很大的破坏，因此我们必须毫不犹豫地将它从人类社会中清除掉。

"我们必须找到它——首先是去刚被毁坏的那个地方看一看。找个人给我们带路，因为我不熟悉你们这里的道路，但我猜肯定有一条捷径可以过去，对吧？"

人们商量了一阵，索耶老爷抬起肮脏的手指，在渐渐变小的大雨中指着一个方向，轻声说："要是想去赛斯·毕晓普家，我看最快的路就是穿过那片洼地，蹚过底下的小溪，翻过凯利家的牧场和伐木场。出来到大路上就离赛斯家不远了——只是稍微过去一点。"

阿米塔奇、莱斯和摩根沿着他指的方向走了起来，大部分当地人慢慢地跟着他们。天空开始变亮，看样子暴雨快要结束了。阿米塔奇不小心拐错了方向，乔·奥斯本提醒他，然后走到前面领路。人们渐渐积累起了勇气和信心。捷径的尽头是一道覆盖着森林、近乎垂直的山坡，他们必须像攀爬梯子般穿行于诡异的古树之间，这给众人的意志品质带来了严峻的考验。

等他们终于爬上那条泥泞道路时，太阳已经出来了。这里已经越过了赛斯·毕晓普家，看一眼弯折的树木和绝不可能认错的恐怖足迹就知道曾经走过这里的是什么东西。拐过一道弯，浩劫后的废墟出现在眼前，勘察现场只花了他们几分钟。弗雷家的惨案再次上演，毕晓普家倒塌的房屋和畜栏里没有找到任何活物或尸体。没有人愿意停留在恶臭和黏稠物质之中，而是都跟随那道恐怖的足迹，走向维特利家农庄废墟和哨兵山山顶的祭坛。

经过威尔伯·史密斯的住处时，明显能看见他们吓得发抖，迟疑似乎再次影响了热忱。追踪体型庞大如房屋、恶毒如魔鬼的隐形怪物可不是闹着玩的。到了哨兵山的山脚下，足迹离开道路，新弯折的树木和倒伏的草丛为他们标出了怪物下山和上山的路径。

阿米塔奇掏出高倍袖珍望远镜，扫视陡峭的翠绿山坡。他把望远镜递给视力更好的摩根。摩根看了一会儿，突然惊呼出声，将望远镜递给索耶老爷，指着山坡上的一个位置让他看。索耶从来没接触过光学仪器，他笨拙地摸索了一会儿，在阿米塔奇的帮助下调正焦距。他的叫声没比摩根克制到哪儿去。

"万能的上帝啊，草丛和灌木都在动！它在往上爬，很慢，现在快爬到山顶了，天知道它要去干什么！"

恐慌像细菌似的在搜索者之中扩散。追踪这个无可名状的怪物是一码事，真的找到它就完全是另一码事了。咒语也许会起作用，但要是不起作用呢？他们开始问阿米塔奇究竟对怪物有什么了解，阿米塔奇无论怎么回答都不能让他们满意。所有人似乎都觉得他接近了大自然的另一面和某个彻底禁忌之物，而这些完全远离人类心智的理性经验。

## -10-

最后，白须老者阿米塔奇博士、铁灰色头发的健壮汉子莱斯教授和瘦削的年轻人摩根博士，来自阿卡姆的这三个男人单独走向山顶。出发前，他们耐心地讲解了如何对焦和使用望远镜，然后将望远镜留给惶恐的敦威治人，村民们站在路边，轮流用望远镜观察他们的动向。这段路很难走，莱斯和摩根不止一次地停下来帮助阿米塔奇。在艰难前进的三个人之上方，草木倒伏的宽阔痕迹颤抖延伸，可怖的怪物以钢铁般的决心重新爬向山顶。不过很明显，追击者渐渐拉近了距离。

阿卡姆的三个人绕大圈避开草木倒伏之处，这时候拿着望远镜的是柯蒂斯·维特利，他来自家族中一个尚未堕落的分支。他告诉众人，三个人似乎想爬上俯瞰怪物行进痕迹的次级峰顶，那个位置在此刻草木倒伏之处的前面。事实证明他们的决定是正确的，隐形邪魔刚经过那个次级峰顶，三个人就爬了上去。

韦斯利·科里接过望远镜，看见阿米塔奇正在调试一直拿在莱斯手上的喷雾器，他知道马上就要有事情发生了，情不自禁地大叫一声。众人不安地骚动起来，想起喷雾器应该能让隐形的恐怖怪物暂时显出身形，有两三个人闭上了眼睛，但柯蒂斯·维特利抢过望远镜，拼命瞪大了眼睛。他看见莱斯站在三个人里的最高处，正对着怪物的后背，只要能抓住这个绝佳的机会，就能将拥有神奇效果的魔力粉末撒在怪物身上。

没有望远镜的人只看见接近山顶的地方有一瞬间出现了一团灰色云雾，这团云雾和中等尺寸的房屋差不多大。柯蒂斯发出刺耳的尖叫声，把望远镜扔进了路上齐踝深的泥浆里。他膝盖一软，还好有两三个人及时搀扶住，否则他也会摔倒在地上。他只剩下用几不可闻的声音呻吟的力气："啊，啊，万能的上帝……那……那个……"

众人七嘴八舌地问这问那，只有亨利·惠勒想到了捡起地上的望远镜，擦掉镜片上的烂泥。柯蒂斯说话前言不搭后语，就连支离破碎地回答问题都让他难以承受。

"比谷仓还大……全身都是蠕动的粗绳……地狱里的东西，形状像个鸡蛋，但比什么都大，有几十条腿，和木桶一样粗，一迈步就会半合拢……完全不是固体的——就像一团果冻，像是无数蠕动的粗绳打结纠缠在一起……浑身都是鼓出来的眼睛……侧面长着十几二十张嘴巴或象鼻，比烟囱都大，甩来甩去，一张一合……身体是灰色，有蓝色或紫色的环……天上的上帝啊——顶上还有半张人脸！……"

最后这段记忆对可怜的柯蒂斯来说实在过于沉重，他连那句话都没说完就昏了过去。弗雷德·法尔和威尔·哈金斯把他抬到路边，放在潮湿的草地上。亨利·惠勒浑身颤抖，举起从泥浆里捡回来的望远镜，鼓足勇气望向山峰。透过镜片，他分辨出三个小小的人影沿着陡峭的山坡以最快的速度爬向山顶。他只看见了这些，没有看见其他的。就在这时,众人听见背后的峡谷深处甚至是哨兵山上的灌木丛里响起了诡异而反常的声音。那是不计其数的三声夜鹰在啼鸣,刺耳的大合唱中隐约透出紧张和邪恶的期盼。

索耶老爷接过望远镜,说三个人已经爬上了最高的一道山脊,与祭坛巨石差不多平行,但还隔着一段相当长的距离。他说,有一个人按固定的节奏将双手举过头顶。就在索耶描述那场面的时候,众人隐约听见远处响起近似音乐的怪声,像是伴随着那个人的手势响起了嘹亮的吟唱。遥远峰顶上的诡异剪影无疑是一幅无限怪诞、令人难忘的奇景,但他们可没有从美学角度欣赏的心情。"我猜他在念咒语。"惠勒说着抢过望远镜。三声夜鹰的啼鸣几近癫狂,独特而古怪的不规则节奏与仪式的节奏截然不同。

忽然间,虽然没有乌云的遮蔽,但阳光似乎黯淡了下来。这一现象非常奇异,所有人都注意到了。群山中渐渐响起隆隆声,与显然来自天空的隆隆声诡异地混合在一起。闪电撕破高空,困惑的人群以为暴雨即将来临,但无论如何都找不到半点征兆。阿卡姆那三个人的吟唱声变得清晰可辨,惠勒在望远镜里看见他们随着咒语有节奏地高举手臂。远处的农舍里响起疯狂的犬吠声。

阳光的变化越来越明显,众人诧异地望着地平线。某种紫黑色的鬼魂凭空出现,加深了天空的蓝色,压向隆隆作响的群山。闪电再次撕破天空,比上一次更加耀眼,众人觉得山顶的祭坛巨石周围出现了一团朦胧云雾,不过这会儿谁也没有拿起望远镜仔细查看。三声夜鹰仍以不规则的节奏啼鸣，敦威治的村民紧张地鼓起勇气，准备迎接大气似乎再也容纳不下的难以想象的险恶之物。

忽然间，没有任何征兆地响起了低沉、刺耳而嘶哑的说话声，这个声音将永远烙印在听见它的所有人的记忆中。它不可能来自人类的喉咙，因为人类的发声器官不可能制造出如此违背自然的怪异声音。若不是它那么明显地来自山巅的祭坛巨石，你一定会认为声音是从地狱深渊里响起的。就连称其为"声音"都有可能大错特错，因为那可怕的超低音直接传进了意识和恐惧远比听觉更微妙的深层根源。但你也不得不称其为声音，因为它们虽然模糊，却无可否认地构成了近乎连贯的字词。它极为响亮，比群山的隆隆声和回荡在天空中的雷声还要响，又没有可见的来源。想象力推测它来自不可见生物的世界，山脚下挤成一团的众人靠得更近了一些，畏缩着像是在等待更大的打击。

"伊戈奈衣阿……伊戈奈衣阿……斯弗斯肯恩哈……犹格－索托斯……"嘶哑的恐怖声音在虚空中念诵，"伊布斯恩克……赫艾伊——尼格尔克德拉……"

念诵忽然变得断断续续，虚空中像是发生了某种可怕的精神争斗。亨利·惠勒对着望远镜瞪大眼睛，只看见山顶上那三个怪异的人类剪影在疯狂而怪异地舞动手臂，咒语即将达到高潮。那雷鸣般的嘶哑声音念诵着近乎连贯的字词，它来自什么样流淌着恐惧或感觉的黑暗井底，什么样充满着外宇宙意识或潜伏万年的晦暗遗传的无底深渊？那声音开始聚集新的力量，变得越来越连贯，陷入极端而彻底的终极疯狂。

"呃——呀——呀——呀——呀哈——呃呀呀呀呀呀……嗯啊啊啊啊啊……嗯啊啊啊啊……呵吁……呵吁……救命！救命！……父——父——父——父亲！父亲！犹格-索托斯！……"

但到此为止了。雷鸣般的浑厚喊声从震颤不已的祭坛巨石旁的虚空中疯狂倾泻而下，使用的语言无疑是英语，站在路边的镇民吓得头晕目眩，而那声音从此就再也没有响起。几乎要撕碎群山的恐怖爆裂声惊得他们跳了起来，谁也分辨不清那震耳欲聋、仿佛世界末日的隆隆声究竟来自地下还是天上。一道闪电从紫色天顶劈向祭坛巨石，看不见的力量巨浪和难以形容的恶臭顺着山坡席卷而下，扑向周围的乡野，疯狂地晃动着树木、草丛和灌木。山脚下的惊恐镇民被有毒的恶臭呛得几乎窒息，险些被那股力量掀翻在地。远处的狗凄惨地嚎叫，绿色的野草和树叶枯萎成病恹恹的灰黄色，田野和森林里到处都是三声夜鹰的尸体。

恶臭很快就消散了，植物却再也没有恢复正常。直到今天，那座恐怖山丘及其周围的植被依然透着怪异和邪恶的气息。阿卡姆的三个人慢慢爬下山坡，阳光再次恢复灿烂的纯净颜色，柯蒂斯·维特利这时才悠悠醒转。三位学者脸色凝重，一言不发，似乎还没有从记忆和思绪中回过神来，比起将当地人吓得战栗畏缩的那份恐怖，他们的经历还要可怕得多。镇民七嘴八舌地提问，他们只是摇摇头，一再重复最重要的事实。

"那个怪物永远消失了。"阿米塔奇说，"它分裂成最初构成它的东西，永远不会再存在了。它在常规世界中不可能存在，只有一小部分是我们能够感知的真实物质。它很像它的父亲，大部分身体追随它的父亲，回到了我们物质宇宙之外的某个朦胧位面或维度空间。人类只有通过最可憎的邪恶仪式才能将它召唤出晦暗的深渊，短暂地降临在山顶的祭坛上。"

众人沉吟片刻，可怜人柯蒂斯·维特利的散乱思绪渐渐变得连贯，他抬起双手抱住脑袋，发出痛苦的呻吟。记忆从停顿之处重新接续，曾让他昏厥过去的恐怖怪物再次出现在眼前。

"啊，啊，我的上帝，那半张人脸——顶上的半张人脸……那张脸长着红色的眼睛和白化病人的鬈发，下巴很短，完全就是维特利家的长相……它是章鱼，是蜈蚣，是蜘蛛，但顶上还有半张成形的人脸，很像巫师维特利的脸，但有好几码长好几码宽……"

他筋疲力尽，停了下来，所有村民都瞪着他，情绪中的惶惑尚未凝结成惊恐。只有老泽伯·维特利不一样，他忽然想起多年来他始终保持沉默的一些往事，语无伦次地大声说："十五年前，我听老维特利说过，总有一天，我们会听见拉维妮亚的孩子在哨兵山的山顶，呼喊它父亲的名字……"

但乔·奥斯本打断了他，向阿卡姆的三位学者提出了又一个问题。

"那到底是什么？真的是小巫师维特利把它凭空召唤出来的吗？"

阿米塔奇谨慎地选择他的措辞。

"它是——呃，它算是一种不属于我们这个宇宙的力量。这种力量遵循与我们这个自然界不同的法则行动、成长和塑形。我们绝对不该将这种东西从宇宙外召唤到世界上，只有非常邪恶的人和非常邪恶的异教才会试图这么做。威尔伯·维特利身上也有部分这种力量，足以把他变成恶魔和早熟的怪物，让他的外形越来越恐怖。我要烧掉他那本可憎的日记，假如你们还算聪明，就该炸毁山顶的祭坛巨石，推倒其他山上的石柱圈。就是这种东西将维特利家崇拜的怪物带到了人世间，他们想让怪物抹掉整个人类，将地球为了无可名状的目标拖进无可名状的另一个宇宙。

"至于刚刚被我们送回去的怪物，维特利一家之所以喂养它，是为了在未来的恶行中让它扮演一个恐怖的角色。它长得又快又大，与威尔伯迅速成长的原因一样，但它超过了威尔伯，因为它身上有更多外来的力量。你们不该问威尔伯是如何凭空召唤它的。威尔伯没有召唤怪物。怪物是他的孪生兄弟，但比他更像他们的父亲。"

这个世界没有神圣性，在宇宙间人类其实微不足道——只是一个小小的族群，把自己的偶像崇拜投射到宏大的宇宙身上。人类就像互斗的虫或者杂乱的灌木一样，没了解到自己的渺小、短视与无足轻重。宇宙本身对人类的存在漠不关心。

——H.P. 洛夫克拉夫特

## H.P. 洛夫克拉夫特

Howard Phillips Lovecraft

(1890 — 1937)

1890 年出生于普罗维登斯安格尔街 194 号。

3 岁时父亲因精神崩溃被送进医院，五年后去世。

14 岁时祖父去世，家道中落，他一度打算自杀。

18 岁时深受精神崩溃的折磨，未及毕业便退学。

29 岁时母亲也精神失常，两年后死于手术。

34 岁时结婚，但婚后生活并不幸福。妻子的帽子商店破产，身体健康恶化。他因此陷入痛苦与孤独，五年后离婚。

一贫如洗的他回到家乡普罗维登斯，将所有精力倾注于写作。然而直到 46 岁被诊断出肠癌，他的 60 部中短篇小说终究因为内容过于超前，未能为他带来名利回报。次年，他在疼痛与孤独的阴影中死去。

今天，洛夫克拉夫特和他笔下的克苏鲁神话，被认为是 20 世纪影响力最大的古典恐怖小说体系，业已成为无数恐怖电影、游戏、文学作品的根源。

---

**姚向辉**，又名 BY，克苏鲁资深信徒，四处"发糖"。

## 克苏鲁神话

作者 _ [美] H.P. 洛夫克拉夫特　　译者 _ 姚向辉

产品经理 _ 吴涛　　装帧设计 _ 星野　　产品总监 _ 吴畏
技术编辑 _ 白咏明　　责任印制 _ 路军飞　　出品人 _ 吴畏

营销团队 _ 毛婷 滑麒义 孙烨　　物料设计 _ 星野

### 鸣谢（排名不分先后）

郭建　俞乐和　路佳瑄　乐博睿 _ 张昊　机核 _ 子高　机核 _Ann

果麦
www.guomai.cn

以 微 小 的 力 量 推 动 文 明

## 图书在版编目（CIP）数据

克苏鲁神话 / (美) H.P.洛夫克拉夫特著；姚向辉译. -- 杭州：浙江文艺出版社, 2016.11（2025.2重印）
ISBN 978-7-5339-4614-2

Ⅰ.①克… Ⅱ.①H… ②姚… Ⅲ.①神话-作品集-美国-现代 Ⅳ.①I712.73

中国版本图书馆CIP数据核字(2016)第209855号

责任编辑：金荣良
装帧设计：星　野
封面插图：郭　建

### 克苏鲁神话
[美] H.P.洛夫克拉夫特 著　姚向辉 译

出版　浙江文艺出版社
地址　杭州市体育场路347号　　邮编　310003
经销　浙江省新华书店集团有限公司
发行　果麦文化传媒股份有限公司
印刷　河北鹏润印刷有限公司
开本　880mm×1230mm　1/32
字数　163千字
印张　8
印数　510,601-515,600
版次　2016年11月第1版　2025年2月第56次印刷
书号　ISBN 978-7-5339-4614-2
定价　68.00元

版权所有　侵权必究

# Boston Daily Journal

**No 517 - 1c**     FRIDAY, DECEMBER 18, 1835

## CONFLAGRATION STILL RAGES; NEW YORK BURNS

The fire that began two days ago in New York's Lower Manhattan still burns, and the cold weather continues to hamper firefighters efforts to quell the blaze. As reported ... of Wall St., ... Stock ...

... books ...day, ... books ... property ... over the ... the Watch ... Source of ... would appreciate any information relevant to their investigations.

**WONDER PEP**
Purest Colorado Mineral Water,
Apply Lodgers Alley
Lower East End.

**BANCKER & HARRINGTON CIRCUS!**
Boston Common, December 19–24.
A Christmas Extravaganza!

## SOCIETY: COUNTRY CLUB IS THE SCENE OF LUNCHEON

Outstanding among the large and delightful gatherings at the Country Club during the early fall season is the one o'clock bridge-luncheon given Wednesday afternoon by Mrs. A. D. Carrington, Mrs. C.A. Until Port Authority is willing Squire, Mrs. L. Leberman to consider our requests, all and Mrs. Jerry Donohue.

Covers were laid for one ...and six guests many of ... from New York, ... Kingsport. The ... were prettily ...ed with autumn ... of seasonal flowers. ...rizes at bridge were ...ded to Mrs. I. C. Thomas, ... Mrs. Gus Derby; second; ... Eastman of Kingsport, third.

## WEBBER HOUSE SOLD

Successful local merchant, Henry Webber, has sold his recently completed Sheafe Street property to one Walter Corbitt, esq. after falling ill recently. Mr Webber stated that he felt he would be unable to maintain the house and accompanying estate with his failing health.

Mr Webber only completed the house this past spring, but neighbors are hopeful that Mr Corbitt will be a fine addition to the area.

## PORT WORKERS TO STRIKE

Workers at the port are planning to strike over poor wages and work conditions.

"We feel our wages are not suitable considering the risks and conditions we work under. Until Port Authority is willing to consider our requests, all loading of outgoing goods will cease" said a Union official.

**COLBURN'S MEED**
Wallace Colburn's medicated meed.
Cures all ailments. Available from good drug stores in the Boston area.

**GLEASONS DEPT. STORE**
For all your winter clothing needs. Fashionable, Sturdy apparel for men, women, and youngsters. Furniture, Books, Cloth, and more.
High Street.

## NOTICES

**Rooms to Let**

**GUESTS WELCOMED** at the the Commons Hotel–Rooms $1.10 a night and up, 379 Park Street.

**WEEKLY, MONTHLY** rates available at the Central City Hotel – $0.90 per day, 124 Washington Street.

**Fellowship**

**COPPS HILL** area academics and philosophers, we meet monthly to